Pan und die Engel · Ansichten von Köln

DIETER
WELLERSHOFF

PAN UND DIE ENGEL

ANSICHTEN VON KÖLN

MIT ZEICHNUNGEN
DES AUTORS

KIEPENHEUER & WITSCH

2. Auflage 1999

Umschlag Kalle Giese, Overath
Umschlagzeichnung Dieter Wellershoff, Köln
Satz und Reproarbeiten Kalle Giese Grafik, Overath
Druck und Bindearbeiten Ebner Ulm
ISBN 3-462-02062-5

Inhalt

Vorbemerkung

Dieses Buch ist aus der Improvisation entstanden, und ich hoffe, es hat etwas von der Sprunghaftigkeit und Regellosigkeit seiner Entstehungsweise behalten. Dem Thema Stadt kann man sich ohnehin nicht systematisch nähern, dazu ist es zu umfassend, zu reich an Stoff. Die Stadt ist wie ein ungeheueres Buch vom Informationsgehalt und Umfang einer universalen Bibliothek. Kein Mensch kann es je zu Ende lesen. Aber man kann darin blättern und sich immer wieder festlesen. So ungefähr habe ich das Buch geschrieben. Es handelt von der Stadt Köln. Aber indirekt auch von mir, von meinen Interessen und Neigungen, meinem Umgang mit der Stadt. Ich fände es nicht falsch, das als eine alltägliche Liebesgeschichte zu verstehen, eine, die inzwischen auf reiche Gewohnheit gründet, aber immer noch andauert. Die Stadt, vor allem mein Viertel, die Südstadt, ist mein Biotop. Ich bin hier zu Hause, eingebettet in soziale Zusammenhänge und vor dem Hintergrund von Erinnerungen, die bis in die Kindheit zurückreichen. Aber das alles ist völlig unaufdringlich und selbstverständlich. Man kann von Köln den privatesten Gebrauch machen.

So habe ich auch keinen Stadtführer geschrieben, kein Sachbuch mit festem Thema und anerkanntem Sachinteresse, sondern ein privates, flanierendes Buch, mein Buch über die Stadt. Ich hoffe, es ist auch für andere Leute interessant; denn so verschieden, daß wir alle in isolierten Welten leben, sind wir ja nicht.

Zum Privatcharakter dieses Buches gehört auch, daß ich mir erlaubt habe, ohne jede Ausbildung und künstlerische Lizenz, einige Kölner Motive zu zeichnen. Fotos waren mir zu unpersönlich. Und es gibt ja auch hervorragende Bildbände genug, mit denen ich nicht konkurrieren kann. Bei den Zeichnungen, so sagte ich mir, wird man erst gar nicht auf den Gedanken kommen, sie unter künstlerischen Aspekten zu betrachten. Es sind Laienzeichnungen; sie wollen auch nichts anderes sein. Aber ich denke, wenn man die Zeichnung als ein notierendes Medium versteht, dann kann man meine Versuche, einige Ansichten der Stadt oder städtischer Gegenstände zeichnerisch festzuhalten, mit einiger Freundlichkeit gelten lassen. Die Anordnung der Texte entspricht der Reihenfolge ihrer Entstehung.

D. W. 1990

Im Beethovenpark

1976

Wenn das Licht in die gelblicheren Tönungen des Abends übergeht, vertiefen sich die Farben des Parks, werden seine Formen weicher, und die Spaziergänger auf den weiten grünen Flächen bewegen sich langsamer, als würden sie eingebunden in einen Dunst, der weniger durchlässig ist als das weiße Licht des Tages, und selbst die Bälle der fernen Ballspieler fliegen wie gebremst durch die Luft.

Es ist das Aushauchen eines langen Sonnentages, der viele Leute in den Park gelockt hat. Sie kamen in den späten Nachmittagsstunden nach Büroschluß, die Anwohner des Viertels, aber auch Leute von weiter her, die in den umgebenden Straßen ihre Autos abstellen, wo man hinter den Dächern und den Lükken der letzten Häuserreihen schon das Grün der ersten Baumkronen sehen kann. An manchen Stellen reicht der Park bis an die Straßen heran, öffnet sich zu kurzen Durchblicken und schließt sich wieder, verdeckt seine inneren Bereiche durch dichte Strauchbarrieren, und an den Einlaßstellen halten aus dem Boden herausragende, senkrecht stehende Steine die Fahrzeuge ab. Dort bei den Steinen oder ein Stück vor ihnen hören die Betonplatten der Bürgersteige auf, man geht auf Erdwegen durch alte Baumbestände, abschirmende Gebüsche, kommt über kleine Vorwiesen oder Lichtungen und ist auf einmal in der offenen Mitte des Parks mit ihren weitläufigen, sanft gegeneinander geneigten Wiesenflächen, auf denen weit verstreut inselhafte Baumgruppen stehen, die in der Ferne wie Bäusche oder Baldachine über der ausgedehnten Unbestimmtheit, den sich verlierenden wellenartigen Bewegungen des Grüns schweben, man-

che wie abgesprengt von den unregelmäßigen Rändern der kleinen Waldstücke, ihren Vorsprüngen und Einbuchtungen, mit denen sich das Gelände verzahnt.
In diesen Teilen sieht der Park fast wie eine Landschaft aus, an einer Seite künstlich überhöht von einem kleinen bewaldeten Hügel, auf dessen Kuppe sich ein Aussichtspunkt befindet, in einem anderen, davon abgetrennten Teil ist der Park eher ein alter Garten. Die Wege in der Landschaft sind schwingende, verzweigte Bänder, die den Formen des Bodens folgen oder über sie hinweggleiten, häufig wechselnd zwischen der leuchtenden Weite der Grünflächen und dem Dämmerlicht der Waldstücke, deren brauner Laubboden hier und da von jungen Buchenschößlingen durchbrochen wird und übersprenkelt ist von kleinen Flecken eines heimlichen pilzweißen Lichtes. Der Gartenteil des Parks ist ein geschlossener und gegliederter Raum, seine Wege führen um quadratische, glattgeschnittene Rasenflächen herum, gabeln sich auf in niedrig überdachte Laubengänge, öffnen und schließen sich zu Rundgängen zwischen Ziersträuchern und dichtbelaubten Hecken, in deren Nischen weiße Bänke und weiße Papierkörbe stehen.

Hier sieht man meist ältere Leute, die sich ausruhen, alte Frauen, die ihr erschöpftes Gesicht mit geschlossenen Augen in die Sonne halten, neben sich vielleicht ein Buch, in dem sie ein paar Minuten zu lesen versucht hatten, bis eine leise Schwäche, eine unmerkliche Verdünnung ihres Bewußtseins sie in den angenehmen Halbschlaf hinübergleiten ließ, in dem sie nun unbeweglich wie vergessene lebensgroße Puppen auf den Bänken sitzen, während ab und zu Schritte vorbeikommen, die leichten federnden eines Liebespaares oder die schlurfenden Schritte eines alten Mannes, Unterhaltungen jüngerer Frauen mit Kinderwagen, die gerne auf den Bänken Rast machen, und manchmal, in langen Intervallen, ist nichts zu hören als das ferne verschwommene Verkehrsgeräusch der Stadt und in der Nähe das Gurren der Tauben.

Es ist still hier. Vielleicht kommt ein junger Hund vorbei, der die Tauben in die Hecke scheucht. Man hört den prasselnden Flügelschlag im Gebüsch und das Hecheln des Hundes, vielleicht auch den Pfiff, der ihn zurückruft, kurzes Zeichen eines unsichtbaren Herrn, das das kleine Geschehnis beendet.

Wieder herrscht die gestaute trockene Ruhe der Sträucher und Heckenwände, der leeren umgrenzten Rasenflächen. Das Laub der großen Pappelgruppe, die die Mitte des Areals bildet, glänzt im Sonnenlicht. Ab und zu wird es von einem Windhauch bewegt, der in den Heckennischen nicht zu spüren ist. Dann läuft ein Flirren über die Baumkronen, und an einigen Tagen Ende Mai senden sie dann Ströme von Flugsamen aus, die weit in die Stadt hineinschweben, immer weiter verdünnt und vereinzelt und immer weniger sichtbar. Doch hier im Park hängen die Sträucher voller Samenflocken, und auf den Wegen haben sich die ineinander verfangenen kleinen Flugkörper zu lockeren Spindeln zusammengerollt.

Auch im Landschaftsteil des Parks stehen Pappeln, ragen hervor aus Ahorn- und Buchenbeständen, Eschen und Birken, alles ist auf Silhouette gepflanzt, doch wie zufällig, und die zufälligen bewegten Menschengruppen auf dem weiten Wiesengelände scheinen dieser Anordnung zu entsprechen. Hier treffen sich die Hundebesitzer, die Spaziergänger, die Sportler, Gruppen junger und älterer Männer, die Ball spielen, und einzelne Läufer, die mit angespanntem und leerem Gesicht an den Spaziergängern vorbeilaufen, die ihnen auf den schmaleren Pfaden bereitwillig Platz machen, als gäbe es ein Gesetz, das der schnelleren und anstrengenderen Bewegungsart vor den langsameren und weniger mühsamen den Vorrang gibt. Manchmal spielen auch Kinder aus dem nahegelegenen Waisenhaus in einem Winkel des Wiesengeländes Fußball. Man erkennt sie an ihrer zusammengewürfelten Kleidung, der Chaotik ihres Spiels, den tranigen Bewegungen einzelner Kinder, die zwischen den anderen herumstehen, den größeren, die sich gegenseitig rempeln und um den Ball kämpfen, oft nur, um das Spiel zu unterbrechen und zu behaupten, daß etwas falsch war, ungültig, ungerecht, unter einer Wolke von Geschrei.

Doch dann – man ist weitergegangen, bis sich das Lärmen hinter einem verflüchtigt hat zu einem dünnen Gesprüh – kehrt man um, und sie sind plötzlich alle fort, vielleicht zu einem frühen, stets zur selben Zeit eingenommenen Abendessen. Zurückgeblieben ist der zertrampelte Rasen, Schauplatz ihrer häufigen Kämpfe.

Ein wenig weiter, unter einer Baumgruppe, stehen jetzt einige Jugendliche zusammen. Sie haben ihre Fahrräder an die Stämme gelehnt, einer sitzt auf seinem Rad und stützt sich mit der Hand auf die Schulter eines Freundes. Plötzlich stößt er sich ab, fährt ein Stück um die Gruppe herum und stützt sich bei einem anderen auf, der aber seine Schulter unwillig wegzieht, so daß der Radfahrer aus dem Gleichgewicht gerät und sich mit einem Fuß auf dem Boden aufstützen muß. So verharrt er eine Weile zwischen den anderen, die auf einmal auch bewegungslos sind, nicht einmal zu reden scheinen, man weiß nicht, was sie dort zusammengeführt hat, worauf sie warten, unter welchem Zwang sie stehen, und dann, als habe jemand das vergessene Lösewort gefunden, zu ihren Fahrrädern gehen und in verschiedenen Richtungen davonfahren.

Die Stelle, wo sie gestanden haben, scheint danach in einen Zustand verminderter Sichtbarkeit zurückzusinken, ein Für-sich-Sein, eine stillere Anwesenheit, an der die Blicke und Gedanken wie von selbst abgleiten oder in der sie sich verlieren. Allmählich scheinen sich die Menschen auf die Wege zurückzuziehen, die Wiesenflächen leeren sich, einige Hunde jagen mit weiten Sätze darüberhin, verharren mit einer plötzlichen Wendung und blicken reglos, mit hocherhobenem Kopf zu ihrem Herrn zurück, der ihnen langsam ein Stück gefolgt ist, laufen dann wedelnd zu ihm hin, um gestreichelt zu werden, umtänzeln ihn, wollen etwas haben, wonach er sich gebückt hat, und jagen schon wieder davon, während der Gegenstand, den er geworfen hat, sich noch in der Luft befindet, der weiße Hund ist besser zu sehen als die beiden braunen.

Die weißen Parkbänke schimmern matt vor den langsam verdämmernden Strauchkulissen. Die verschiedenen Laubfarben verschwimmen zu einem gleichmäßigen schattenhaften Grüngrau. Hinter den hohen Sichtblenden entlang des Hauptweges hört man noch die kurzen dumpfen Schlaggeräusche einiger Tennisspieler. Aber auch sie werden gleich Schluß machen, die Bälle einsammeln und zum Clubgebäude hinübergehen, um sich zu duschen und umzuziehen und vielleicht auf der Terrasse noch etwas zu trinken. Die Lampen und Kandelaber werden erleuchtet sein, die Ober werden in ihren weißen Jacken zwischen den weißen Tischen umhergehen, das von unten angestrahlte Laub der Baumkronen wird in einer künstlichen grünen Schärfe aus dem Nachthimmel hervortreten, aus seiner noch nicht ganz lichtlosen, aber schon blaß besternten Weite.

Groß St. Martin, Altstadthäuser am Fischmarkt,
Stapelhaus und Domtürme

Der Dom als Vatergestalt

1980

Er war mir schon ein Begriff, bevor er mir leibhaftig vor Augen stand. Man sprach von ihm wie von einer Sagengestalt: er war riesenhaft und schön, phantastisch und kostbar, er war populär und einzigartig. Man konnte das sakrale Er auf ihn anwenden wie auf ein Überwesen von herausragender Würde, das es aber erlaubte, mit ihm vertraut zu sein. So wurde über ihn gesprochen, so wurde ich auf ihn vorbereitet. Auch im weiteren Umkreis, und in dem wohnten wir, war seine Gegenwart noch spürbar, wie bei großen herrscherlichen Persönlichkeiten, deren Macht vom Herrschersitz bis zur Peripherie ausstrahlt, so daß sie stets anwesend sind, auch wenn man sie nicht sieht. Er, der Dom, war in meiner Kindheit für mich eine Person, und er ist es auch geblieben.

Ich weiß nicht, wann ich ihn zum ersten Mal sah. Wir wohnten in Grevenbroich am Niederrhein, 33 Kilometer nördlich von Köln, in den dreißiger Jahren ein Landstädtchen von achttausend Einwohnern, umgeben von angrenzenden Dörfern, die heute mit der inzwischen mehr als dreifach so großen Kleinstadt verschmolzen sind. Damals lebte man dort wie auf dem Lande, umgeben von Rübenäckern, Kornfeldern und den Pappelwäldern der Erftniederung. Das war die begrenzte Welt, in der ich aufwuchs. Wenn wir zwei- oder dreimal im Jahr zum Einkaufen in die Stadt fuhren, dann immer nach Neuss oder Düsseldorf, nicht nach Köln. Auch schon diese Stadtbesuche waren etwas Besonderes, ein Ausflug in eine andere Welt, in der es Straßenbahnen und vielstöckige Häuser, große Schaufenster und Lichtreklamen gab, aber nicht dieses phantastisch Andere und Unvorstellbare, das für mich dann der Dom war.

Wie gesagt, ich weiß nicht, wann ich ihn zum ersten Mal mit Bewußtsein sah. Vielleicht vermischen sich in der Erinnerung verschiedene Erlebnisse zu einem einzigen, weil auch das zweite und dritte Davorstehen reine Überwältigungen waren, gegen die kein Vorbereitetsein verfing. Vielleicht muß ich noch dazu sagen: Wir waren protestantisch, aber auch nur der Form nach. Meine Eltern gingen nicht in die Kirche. Ich wuchs völlig unfromm auf, in einem bürgerlichen Pragmatismus, mit Welterklärungsformeln, die zwar auch nur das Nichtwissen der Eltern ausdrückten, aber vorgaben, aus einem fortschrittlichen Bewußtsein zu stammen. »Das ist von der Natur so eingerichtet«, wurde mir erklärt, wenn ich vor unbegriffenen, geheimnisvollen Erscheinungen des Lebens stand, und so blieb ich weiter mir selbst und meinen Träumen überlassen. Und noch in diesem kindlichen Tagtraumalter muß ich den Dom zum ersten Mal gesehen haben. Mein Vater hatte mich an der Hand. Wir standen vor der Westfassade, die Köpfe im Nacken, schwindelig hochstarrend, beide fast gleich klein vor dem Riesenwesen aus Stein, dessen Doppeltürme in den Himmel stießen. War denn das möglich? So hoch? Bis zu den Wolken? Wo nur noch die Vögel hinkamen. Aber auch die waren da oben schon verloren. Wie konnten die Steine bis dort oben hingelangen? Das war nicht von der Natur so eingerichtet, das war ein Bauwerk.

Meine Vorstellungen von Größe sind damals geprägt worden. Etwas Größeres konnte es nicht geben und ist mir auch bisher, trotz Fernsehtürmen und Hochhäusern, nicht vor Augen gekommen. Ich besaß zwar einen kleinen Taschenkalender mit Daten über den Eiffelturm und New Yorker Wolkenkratzer, aber das alles besagte nichts gegen den Eindruck, den der Dom mir gemacht hatte. Und als ich später in der Peterskirche in Rom die in den Fußboden eingelassene Platte fand, auf der steht, daß

Dom, Blick in das Langhaus vom Chor aus

bis hierhin der Kölner Dom reiche, da besagte das auch nichts. Im Gegenteil, ich fühlte mich enttäuscht von diesem Innenraum. Trotz Bramante und Michelangelo erschien er mir eher wie ein überdimensionaler Bahnhofswartesaal, weitläufig, klotzig und prunkvoll, doch keineswegs überwältigend. Der Dom konnte durch keine spätere Erfahrung mit anderen Bauwerken relativiert werden, weil mir an ihm das Gefühl des Absoluten aufgegangen war. Eher standen alle anderen Bauwerke in Relation zu ihm: Sie waren auch schön, auch großartig, auch bewundernswert, aber er blieb einzigartig und unvergleichbar, selbst dann noch, als ich das kunsthistorische Vergleichen lernte.

Ich wußte wohl, als ich ihn sah, daß er ein Bauwerk war, aber zugleich war der Dom ein lebendiges Wesen. Er stand vor mir als rußiger Riese in einer steinernen Rüstung, reich und doch streng und würdig verziert mit Ornamenten und Figurenschmuck bis oben hin zu den durchbrochenen Turmspitzen und ihren beiden Kreuzblumen. In der unbewußten Bildsprache der Seele war der Dom eine Vatergestalt. Er war der Übervater: mächtig, prunkvoll, herrscherlich, aber gar nicht bedrohend, und vollkommen geistig. Ganz in seiner Nähe gab es damals für mich noch zwei andere magische Bauwerke – die Bahnhofshalle und die Hohenzollernbrücke. Aber sie nahmen einen niedrigeren Rang ein, waren eher mit mythischen Tieren zu vergleichen, die zu Füßen des steinernen Übervaters lagerten und als dienende Fabelwesen seine überlegene geistige Würde erst recht betonten.

In der Bahnhofshalle und auf der Brücke lärmte und dröhnte es. Im Inneren des Doms umfing uns eine hallige Stille, in der Stimmen und Schritte verklangen. Durch die farbigen Fenster kam ein geheimnisvolles, dämmeriges Licht, in dem auch der feste Stein der mächtigen Säulen sanft und lebendig war. Wir gingen durch ein Seitenschiff bis in die Vierung. Und wenn es der erste Besuch war, dann hatte mein Vater mich an der Hand.

Oder es war doch ein späterer Besuch. Denn er erklärte mir, daß es eine gotische Kathedrale sei, und zeigte mir die gebündelten Säulen, die spitzbogigen Fenster und die Steinrippen des Gewölbes. Er war selbst Baumeister. Aber bisher hatte ich mit ihm zusammen nur die Baustellen unseres Landkreises besucht, die er zu prüfen und zu genehmigen hatte. Er war aus dem Auto ausgestiegen und mit dem Hut auf dem Kopf, begleitet vom Polier und dem Bauherrn, durch die Rohbauten gegangen und ich, der manchmal mitdurfte, nahm wahr, daß er den anderen sagte, wie alles gemacht werden mußte und wie nicht. Jetzt aber, unter der Vierung, trat eine feierliche, rotberockte Gestalt auf uns zu und sagte zu meinem Vater: »Im Heiligtum nimmt man den Hut ab.« Erschrocken sah ich, daß mein Vater tatsächlich den

Dom, Westportal

Hut aufbehalten hatte und ihn jetzt rasch und entschuldigend abnahm. Das hatte er über seinen Architekturerklärungen vergessen. Er war mit dem Hut auf dem Kopf in den Dom hineingegangen wie in eine seiner Baustellen. Nun, mit dem Hut in der Hand, erschien er mir stiller und kleiner und weniger kompetent, und ich konnte merken, daß er von dem Ort seiner Zurechtweisung fortstrebte in den Chorumgang, neben sich mit mir einen verwirrten Zeugen.

Aber der Dom war kein furchteinflößender Potentat. Er nahm alle in sich auf und duldete rings um sich das vulgäre Leben, das heute durch die neue Domplatte noch näher an ihn herangerückt ist. Die Andenkenbuden auf der Nordseite, die planschenden Jugendlichen im Brunnen der Südseite, die Touristengruppen vor dem Westportal, die Rollschuhläufer und Skateboardfahrer auf dem Roncalliplatz, der ununterbrochene Menschenstrom zwischen Hauptbahnhof und Hohestraße – alles das gehört zu seiner volkstümlichen Majestät, seiner freundlichen Väterlichkeit, die es erlaubt, mit ihm vertraut zu werden und rings um ihn her höchst irdischen Dingen nachzugehen, um dann plötzlich stehenzubleiben und betroffen seine Erhabenheit wahrzunehmen.

Inzwischen lebe ich schon fast zwei Jahrzehnte in Köln und kenne den Dom aus vielen gleichbleibenden, sich wiederholenden und auch aus neuen, veränderten Aspekten. Da ist die berühmte Ansicht von der Deutzer Rheinseite, in der der Dom mit dem Turm von Groß St. Martin einen treuen Vasallen hat. Ich kenne ihn als ferne, graue Silhouette im Dunst der Rheinebene, wie er in der Windschutzscheibe des Autos erscheint, wenn man aus der Eifel, aus Belgien oder aus dem Sauerland kommt. Bei aller Vertrautheit überwältigend wirkt seine nahegerückte Baumasse, wenn man von einer Reise mit der Bahn in die Stadt zurückkehrt und auf den Bahnhofsvorplatz tritt. Da ist er mitten im großstädtischen Getriebe, man ist zu Hause. Und es gibt auch den nächtlichen, beleuchteten Dom, der mit seinen Wimpergen und Fialen, seinem steilen Langhausdach, seinen dunklen Fenstern und den gewaltigen Türmen wie eine geisterhafte Erscheinung, grüngrau und vorwelthaft vor dem Nachthimmel steht. Und es gibt den Dom als alltäglichen Zufallsblick aus einem Bürofenster, aus einer Mansardenwohnung, vom Dach einer Hochgarage aus, meist greifbar nah und gegenwärtig, als wäre alles andere, was bauklotzartig dazwischen sich ausbreitet, zum Übersehen bestimmt, wenn er sich zeigt.

Kann man sich vorstellen, er wäre nicht da? Ja, aber nur mit Schrecken. Es wäre eine innere Beraubung, ein Bildverlust, der einer kollektiven Erblindung nahekäme. Nicht, daß es nichts mehr zu sehen gäbe in dieser Stadt. Die kostbaren romanischen Kirchen wären noch da, die Bildersammlungen in den Museen, und natürlich das Leben und Treiben der Menschen. Aber der Dom hat noch einen anderen Rang. Ich meine das nicht kunstkritisch und nicht historisch, obwohl auch in diesen Perspektiven sich seine Einzigartigkeit beweisen ließe. Ich glaube vielmehr, daß das geheime Maß für die Größe einer solchen Architektur darin besteht, daß sie die Phantasien der Menschen erweckt und über das Alltägliche hinaushebt. An Bauwerken wie dem Dom geht ihnen auf, was geistige Größe, Schönheit, Vollkommenheit und Würde ist. Und sie können an ihm, mitten in einer fast geschichtslosen Welt, die alles verändert und umbaut, den Wert des Überdauerns begreifen. Der Dom ist eine Identität, die nie fertig ist. Jeder Generation wird sie neu anvertraut. Die Generation, die ihn, dem ursprünglichen Plan gemäß, vollendet hat, sah in ihm ein herausragendes Symbol des nationalen Stolzes. Heute, da er in Giftschwaden und Säureregen wie eine riesige Tropfkerze zu schmelzen droht, ist er ein Symbol unseres Überlebens.

Köln, die ewige Baustelle

Die Stadt als Baustelle

1987

»Ende des Jahrtausends«, so sprach neulich ein guter Bekannter im ungewohnten Stil weitblickender Prophetie, »Ende des Jahrtausends wird Köln wieder eine der schönsten deutschen Städte sein.« Das hörte sich an, als spräche er von fernen Zeiten. Aber bis zur Silvesternacht 2000, in der das Jahrtausendfeuerwerk über der Stadt abbrennen wird, ist es nicht mehr weit. Das zukkende Lichtspiel wird die berühmte Rheinfront beleuchten wie einen wiederhergestellten architektonischen Archetyp, bekannt von unzähligen Fotografien, Stichen, Gemälden, Erinnerungsbildern. Köln wird wie Köln aussehen, erkennbar an seinen alten Wahrzeichen, dem Dom und dem Turm von Groß Sankt Martin über den spitzen Giebeln des Martinsviertels. Das Sheddach des Museums an der Hohenzollernbrücke gehört dann auch längst zum klassischen Bild.

Lang dauert es nicht mehr, jedenfalls nicht nach den Zeitmaßen einer so alten Stadt. Aber auch die Prophezeiung von Kölns wiedererstehender Schönheit ist keine bloße Fata Morgana mehr, sondern beruht auf sichtbaren Anhaltspunkten. So sind die romanischen Kirchen, neben dem Dom Kölns bedeutendste architektonische Kostbarkeiten, inzwischen alle wieder aufgebaut. Durch den Rheinufertunnel und den Rheingarten bekam die Altstadt, jahrzehntelang vom Autoverkehr auf der Uferstraße zur toten Kulisse degradiert, ein belebtes, menschenfreundliches Vorfeld, das sie direkt mit dem Rhein verbindet. Im Spätsommer 1986 wurde der monumentale Neubau des Doppelmuseums und der Philharmonie eingeweiht und mit dem Rheingarten, der Hohenzollernbrücke und der Domumgebung zu einem abwechslungsreichen Flanierraum zusammengeschlossen. Nicht weit davon entfernt sind mit Brügelmann- und Farinahaus neue Wohn- und Geschäftshausareale mit begrünten Innenhöfen entstanden, werden Straßen und Plätze neu gepflastert und mit schöneren Lampen ausgestattet. Ein großer Bauabschnitt der U-Bahn unter den Ringen ist soeben fertig geworden. Kölns heruntergekommene alte Prachtstraße soll nun mit breiteren Bürgersteigen, Ausstellungsvitrinen, mit Straßencafés und Grünanlagen den ästhetischen und städtebaulichen Rang zurückgewinnen, der ihrer Lage im Grundriß der Stadt und ihrer Tradition entspricht.

Vor allem diese Bilder traten mir vor Augen, als der Bekannte seine Prophetie von Kölns neu erstehender Schönheit aussprach. Dazu viele andere Eindrücke von der Sanierung des Severins- und des Friesenviertels, von neuen Geschäftspassagen und Hotelbauten in der Innenstadt, neu gepflanzte Bäume in den Vorstädten und zahlreiche in den letzten Jahren renovierte Häuser in den Straßen der Neustadt.

Unversehens war ich, gemeinsam mit meinem Bekannten, in eine Euphorie geraten, und wir begannen von der schönen Stadt Köln des Jahrtausendendes zu träumen, stellten uns vor, daß alle in den letzten Jahren diskutierten Pläne zur Stadterneuerung verwirklicht würden. Die Nord-Südfahrt wurde vor dem Opernhaus in einen Tunnel verlegt, der Neumarkt aus seiner Umklammerung durch den Verkehr befreit und auf seiner Nordseite bis an die Häuserfront herangezogen. Der kleine, jetzt als Parkplatz mißbrauchte nördliche Teil des Heumarktes wurde durch einen Gebäuderiegel gegen die Verkehrsströme auf der Auffahrt zur Deutzer Brücke abgeschirmt und zu einem intimen Nachbarraum des Altermarktes umgestaltet. Danach wurde die Brückenauffahrt mit Gebäuden überbaut und von zwei Türmen, neuen Akzenten in der Stadtsilhouette, flankiert.

Im Bereich des Rheinauhafens verschwand in unserer, den Plänen vorauseilenden Phantasie die Uferstraße in einem Tunnel. Darüber wurde ein zweiter Rheingarten angelegt, und auf der Insel Weerthchen, jetzt minderwertig, ja schandbar mit barakkenähnlichen Gewerbebauten zugestellt, entstand ein Ausstellungs- und Freizeitgelände. Und weil wir schon beim Phantasieren waren, lösten wir auch das vertrackte Verkehrsproblem am Rudolfplatz – allerdings habe ich vergessen, wie.

Unser Schwung muß dabei verebbt sein. Uns wurde wieder deutlich, wovon wir sprachen: von einer unfertigen, sich dauernd wandelnden Stadt, voller städtebaulicher Probleme, in der bedeutende alte Bauwerke und interessante neue Bereiche noch übergangslos an Zonen der Gestaltlosigkeit grenzen, von

Ehemaliger Wallgraben des Fort I von 1820 im heutigen Friedenspark

einer der am schlimmsten zerstörten deutschen Städte, deren Wiederaufbau schleppend in Gang kam und lange Zeit vom Wildwuchs privater Interessen und von Kompromissen bestimmt wurde, von einer Stadt, deren expansives Leben in einer vielfachen Spannung zu ihrer alten, gewachsenen Struktur steht, von einer Stadt mit neu erwachtem Selbstbewußtsein, die ehrgeizige Pläne hat, aber zu wenig Geld, und gegenwärtig einen neuen Aufschwung erlebt.

Ist die Stadtgeschichte ein Film? Ich hatte, wie häufig, im ehemaligen Hindenburgpark auf einer Bank gesessen. Er heißt jetzt Friedenspark, sinnvollerweise, denn es handelt sich um die Umgestaltung der Wälle, Gräben und des Glacis eines alten Stadtforts von 1820. Das vielförmige Gelände ist gärtnerisch abwechslungsreich gestaltet. Es gibt einen Rosengarten, begrenzt von einer Pergola, einen Steingarten, einen tiefergelegenen Garten mit jahreszeitlich wechselnd bepflanzten bunten Beeten und Blütensträuchern. Eine Etage tiefer, im ehemaligen Wallgraben des Forts, führt der Weg an Bänken in Heckennischen vorbei, aus denen in warmen Sommernächten die lallenden Stimmen von Betrunkenen zu hören sind. Die Liebespaare sitzen eine Etage höher in einem der Blumengärten. Sie hören unter sich die murmelnden Stimmen und blicken zu dem lichten Akazienwald im alten Vorfeld des Forts hinüber. Er wird abgeschlossen durch den Bahndamm, der zur Südbrücke führt, eine alte Bogenbrücke mit mächtigen wilhelminischen Treppentürmen mit Reliefs und Steinmasken, die den Vater Rhein und andere Gestalten rheinischer Mythologie darstellen. Über diese Brücke rollt der Güterverkehr, lange Züge mit Versorgungsgütern, Lebensmitteln, Industrieprodukten, der unaufhörliche Austausch der Stadt mit dem umgebenden Land. Dies ist ein Ort zum Träumen, wie es viele in dieser Stadt gibt, wo fast alle Bilder der Gegenwart Bilder der Vergangenheit enthalten. Im inneren Hofraum des Forts, vermutlich der Appellplatz der Festungsbesatzung, wurde ein Abenteuerspielplatz angelegt. Aus Brettern und Balken entsteht dort immer wieder eine Wild-West-Stadt, die bald darauf zerfällt oder von anderen Jugendlichen zerstört wird, ein ewiger Bauplatz wie die große Stadt.

Jetzt, im Herbst 1987, steht Köln wieder einmal voller Baukräne. Die meisten ragen aus tiefen Baugruben hervor. Grund und Boden sind teuer. Das treibt die Bauten nicht nur in die Höhe, sondern neuerdings auch immer mehr in die Tiefe. »Der verebbten Hochhauswelle folgte der Kellerboom«, schreibt der *Kölner Stadt-Anzeiger* und bildet einige der gegenwärtig größten Baugruben ab. Da ist das weiträumige Loch vor der Zentralbibliothek, lange ein Parkplatz mit Schlaglöchern und Regenpfützen, jetzt sind dort eine Tiefgarage und ein Ärztehochhaus geplant. Die Baustelle der Post an der Ursulastraße sieht wie eine tiefe Schlucht aus. Grundwasser ist hineingelaufen. Arbeiter fahren mit dem Boot in der Grube herum. In der Komödienstraße gräbt sich die Deutsche Bank vier Stockwerke tief in die Erde. An der Aachener Straße unterbaut die Deutsche Krankenversicherung ihre monumentale Hauptverwaltung mit neuen Kellergeschossen. Die großen Gruben am Sassenhof und neben der Severinstraße sind die Baustellen des »Maritim« und des »Altea«, zwei der fünf großen neuen Hotels, die sich die Messestadt Köln zum Standort erwählt haben. An der Baustelle des Einkaufszentrums »Olivandenhof« sind Reste der alten Fassade stehengeblieben, sorgfältig gesichert durch eine Stützkonstruktion. Kommt man vom Neumarkt durch die Zeppelinstraße, dann erscheinen diese beiden Mauerstücke wie die Kulissenbauten zu einem Trümmerfilm. Blickt man dann zwischen den Fassadenresten in die weitläufige Baugrube hinein, in der das übliche Chaos von frisch gegossenen Fundamenten, Armierungseisen, Materialstapeln und Erdhaufen herrscht, dann handelt der Film wieder von der Gegenwart.

Ist die Stadt ein Film, der immer neue Bilder hervorbringt, immer neue Überblendungen? Inmitten der friedvoll umgewandelten Vergangenheit des alten Forts, das nun eine gärtnerische Anlage ist, fiel mir wieder ein, was mich veranlaßt hatte, diese Frage zu stellen. Es war ein Film über das Malen, den Clouzot zusammen mit Picasso gedreht hatte. Er wolle die Bilder zeigen, die unter den Bildern sind, hatte Picasso zu Anfang gesagt. Dann ließ er, erst spielerisch, dann zielstrebiger, mit raschen Pinselstrichen ein Motiv entstehen. Es war ein Stilleben, eine Frau, eine Hafenansicht, ein Stierkampf, ein Faun. Eine Zeitlang nahm es eine Bestimmtheit an, wurde zu einem autonomen Bild, das man gerne als Ergebnis des Malprozesses behalten hätte. Aber schon hatten ein weiterer Pinselstrich, ein Tupfer, eine Verwischung das Bild verändert und seine Harmonie ins Wanken gebracht. Nun mußte es weitergehen, damit ein neues Gleichgewicht der Farben und Formen und ein neuer Bildsinn gefunden wurden, und allmählich begriff man, daß nicht die einzelnen Bilder das Thema dieses Malens waren, sondern das Malen selbst. Durch seinen überströmenden schöpferischen Reichtum machte Picasso den Zuschauern klar, daß nichts sich für immer festhalten läßt und dieses Werden und Vergehen das Leben ist.

Ich empfinde die Stadt als eine ständige, große Belehrung über diesen Sachverhalt. Und wenn es überhaupt einen beschreibbaren Kölner Volkscharakter gibt, dann muß er abgeleitet werden aus der kollektiven Erfahrung der unentwegten Veränderung dieser Stadt, die so viele Höhen und Tiefen im Laufe ihrer Geschichte durchmessen hat. Weil es hier so viele Anlässe zu Erinnerungen gibt, haben die Leute auch das Vergessen gelernt. Man lebt heute. Man geht sogar mit der Zeit. Es gibt einen unbezweifelten Vorrang der Gegenwart. Aber man braucht dem

Die Ulrepforte, ein Wachturm der mittelalterlichen
Stadtmauer am Sachsenring

Weltgeist und der modischen Aktualität nicht hinterherzuhetzen. Denn ist nicht alles schon einmal dagewesen?

In den Blütezeiten seiner Geschichte hat Köln, haben seine Bewohner und Erbauer ganz verschiedene Stadtbilder oder Stadtcharaktere von großer Markanz hervorgebracht. Die Römerstadt der ersten nachchristlichen Jahrhunderte mit Forum und Statthalterpalast, Tempeln, Wasserleitungen, öffentlichen Bädern und den mosaikgeschmückten Häusern der reichen Bürger, im damaligen ubischen Umland ein zivilisatorisches Wunderwerk und bald die größte römische Stadt außerhalb des italischen Kernlandes, war die erste bedeutende Kölner Stadtgestalt. Die Franken verwüsteten sie 355 n. Chr.. Sie wurde wieder aufgebaut, verfiel aber mit der Macht des römischen Reiches. Immer mehr Menschen verließen die schutzlos gewordene Stadt, und allmählich zerfielen auch die soliden römischen Steinbauten. Sie wurden abgebrochen, weil die Zurückgebliebenen Platz für den Ackerbau brauchten. Jahrhundertelang umgab nun die römische Stadtmauer ein fast ländliches Areal mit kleinen fleckenhaften Siedlungen, angelehnt an die frühen christlichen Kirchen und Stifte, den Ausgangspunkten der neuen Entwicklung.

Die nächste markante Stadtgestalt Kölns entstand im Mittelalter. Das hatte unter Karl dem Großen begonnen, als Köln zum kirchlichen Zentrum für die neuen sächsischen Gebiete wurde. Der Normanneneinfall störte noch einmal die Stadtentwicklung, aber unter den salischen und staufischen Kaisern, als der Erzbischof von Köln Kurfürst und einer der Mächtigsten des Reiches war, wuchs die Stadt zu solcher Schönheit und Größe heran, daß man sie Europas bedeutendsten Städten, Paris und Rom, an die Seite stellte. Ein Zeichen des Selbstbewußtseins war der Bau der neuen Stadtmauer zwischen 1150 und 1250, ein Bauwerk, das die Länge der Stadtmauern von Paris und London übertraf. Um die Mitte des 13. Jahrhunderts lebten schätzungsweise 40.000 Menschen in der Stadt, und zwar in dicht zusammengedrängten, spitzgiebeligen Fachwerkhäusern, die an engen, meist ungepflasterten Straßen und belebten Marktplätzen lagen. Es müssen viele Handwerker in die Stadt gekommen sein, denn die Urkunden belegen einen anhaltenden Bauboom. Fast alle Kirchenbauten wurden damals erweitert und umgebaut, und viele neue kamen hinzu. Als geistiger und architektonischer Höhepunkt wuchs auch schon der gotische Dom in die Höhe. Die Spiritualität des Domchores, seine filigrane Phantastik, mit der Baumeister Gerhard die Summe der französischen Kathedralgotik zog, wurde das schönste Schmuckstück der steinernen Krone, als die die Stadt mit ihren Mauern und Türmen von ferne erschien. Doch der Dom blieb Fragment. Jahrhundertelang stand auf einem seiner unfertigen Türme der große Baukran, ein Memento der Unvollendbarkeit, das alle anderen Bauten überragte. Aber die Bürger der spätmittelalterlichen Stadt, in der die großen Profanbauten, wie die Torburgen, der Gürzenich und das Rathaus entstanden, müssen ganz ähnlich wie die Bewohner der blühenden römischen Stadt anfällig gewesen sein für die Illusion, ihre stolze, blühende Stadt sei für die Dauer geschaffen und es würde immer so weitergehen.

Doch Köln schloß sich in den folgenden Jahrhunderten gegen neue Ideen von außen ab, und während Städte wie Augsburg und Nürnberg, die sich dem Geist der Neuzeit öffneten, in den historischen Aufwind gerieten, schrumpfte die einst so weltoffene Metropole Köln auf das räumliche und geistige Maß einer von engstirnigem klerikalem Dogmatismus beherrschten kleinen Ackerbaustadt zusammen. Noch auf einem Stich aus dem frühen 19. Jahrhundert sieht man St. Aposteln, umgeben von wenigen Gebäuden, als eine idyllische Ansiedlung mitten in Feldern und Gärten liegen. Die französischen Revolutionstruppen und Napoleon rüttelten Köln aus seinem Schlaf. Anschließend bauten die Preußen die Stadt zu einer Festung aus, schufen aber auch die Voraussetzung für seinen Aufstieg im Sog der industriellen Revolution.

Wieder entwickelte sich eine neue Stadtgestalt. Fabriken wurden gegründet, Vororte eingemeindet und ausgebaut. In hundert Jahren verdreizehnfachte sich die Bevölkerung. Nachdem zwischen 1880 und 1884 die Stadtmauer bis auf wenige Reste abgerissen worden war und die Preußen das Schußfeld ihrer alten Forts zur Bebauung freigegeben hatten, entstand in einem wahren Baurausch an den heutigen Ringen und in den angrenzenden neuen Stadtbezirken das gründerzeitliche Köln. Es war die Stadt der Fabrikanten, Bankiers und Geschäftsleute, die in palastartigen Bauten ihren neuen Reichtum zur Schau stellten. Dank der großräumigen Planung der Straßenzüge, Plätze und Grünanlagen, die sich an Pariser Vorbildern orientierte, entstand nach dem Zeugnis alter Fotos ein geschlossenes, prachtvolles Stadtbild, dessen auf uns überkommene Reste lange Zeit als Protz und schlechter Geschmack galten, doch heute, nach Jahren funktionalistischer Phantasielosigkeit, liebevoll restauriert werden.

Der Film der Stadtgeschichte lief weiter. Auch die steinerne Würde eines festgeprägten Stadtbildes konnte ihm nicht standhalten. In Köln gingen vor dem Ersten Weltkrieg, vor allem aber in den zwanziger Jahren, die Lichter der modernen Großstadt an. Geschäfts- und Bürohäuser drängten sich zwischen die gründerzeitlichen Wohnhäuser an den Ringen, deren Bewohner nach Marienburg und Lindenthal zogen. Kinos und Restaurants wurden eröffnet. Am Hansaring wurde 1925 in Rekordzeit das damals höchste Hochhaus Europas errichtet. Der Autoverkehr nahm ständig zu. Bunte Lichtreklamen überzogen die Fassaden, und auch die Ausfahrtstraßen, die in die schnell wachsenden Vorstädte führten, belebten und illuminierten sich.

Als Antwort auf diese wildwüchsigen Veränderungen entstand in den zwanziger Jahren unter dem Oberbürgermeister Adenauer ein neues Stadtkonzept. In letzter Minute, als die erforderlichen Flächen noch nicht verbaut waren, wurden der innere und der äußere Grüngürtel angelegt. Die Großstadt, umgeben und durchzogen von weitläufigen Landschaftsparks und Erholungsräumen – das ist die letzte markante Stadtidee, die verwirklicht wurde, ein Pfand für die Zukunft und ein immer noch ausbauwürdiges Konzept. Als Kölns Innenstadt in den Bombennächten des Zweiten Weltkrieges unterging, schrieb der Architekt Fritz Schuhmacher, der die beiden Grüngürtel und die radialen Grünanlagen geplant und auch noch begonnen hatte, er glaube, Köln werde überleben, weil »sein wunder Leib« eingehüllt sei »von einem werdenden Gebilde, das die Kräfte eines gesunden eigenen Lebens durch seine Struktur besitzt«. Das ist ein wahrhaft mythisches Bild: die schwer verwundete Stadt, umfangen und gehalten von der Natur, überlebend in ihren mütterlichen Armen.

In den Bombennächten des Zweiten Weltkrieges riß der Film der Stadtgeschichte, und man mußte befürchten, auch der Lebensfaden der Stadt sei durchgetrennt. War nach einem solchen Ende ein Anfang überhaupt noch vorstellbar? In der zerstampften Innenstadt, zwischen Mauerresten und Bergen aus Trümmerschutt, herrschte eine geschichtslose Stille. Wenige eilige Menschen durchquerten auf Trampelpfaden diese Hügellandschaft aus Schutt. Der Wind hatte den Samen des Weidenröschens hergeweht, die anspruchslose Pflanze der Müllhalden und Wegränder, die nun die ganze Stadt überblühte. Der Grundriß der Stadt war nicht mehr zu erkennen. Stehengebliebene Straßenschilder zeigten, um es mit einem Brechtwort zu sagen, »nichts Nennenswertes«. Der Rhein bildete weiter die mächtige Achse des Stadtgebietes, die Brücken aber lagen im Fluß. Nur der Dom stand noch, angeschlagen, aber in seiner Substanz unversehrt, ein Zeichen, daß dies der Platz war, wo die Stadt hingehörte, die unvorstellbare neue, alte Stadt.

Der Schutt, der aus der Innenstadt hinausgefahren werden mußte, hatte das 45fache Volumen des Domes, wie später errechnet wurde. Er liegt in Gestalt künstlicher Berge im inneren und äußeren Grüngürtel, im Beethovenpark und noch weiter außerhalb der Stadt. Die Berge, Monte Klamotte, Monte Scherbelino, wie der Volksmund sie taufte, sind grün und sehen wie idyllische Natur aus. Neuaufbau bedeutete auch Vergessen. Obwohl dabei viel alte Stadtvergangenheit entdeckt wurde. So kamen in der Baugrube des Neubaus der Stadtverwaltung die Mauern der drei nacheinander errichteten römischen Statthalterpaläste zum Vorschein, eindrucksvolles Symbol der Beharrlichkeit und des Überlebenswillens der Stadt hier auf ihrem alten historischen Grund.

Neue Bilder überlagern alte Bilder, alte durchdringen immer wieder die neuen. Immer, wenn ich Fotobände mit Aufnahmen der zerstörten Kölner Innenstadt betrachte, beschleicht mich ein seltsames Befremden: Ich kann nicht recht glauben, was ich doch selbst gesehen habe. Es tritt mir aus diesen Bildern als eine vollkommen phantastische Ungeheuerlichkeit entgegen. Und dann plötzlich schlägt das Befremden um, und das vollkommen Phantastische ist die Stadt, die wieder aus dieser Trümmerwelt entstanden ist. Dieses zweite Befremden wird durch die normative Kraft des Faktischen bald wieder verdeckt. Unleugbar, unübersehbar behauptet sich die wieder aufgebaute Stadt mit ihren Gebäuden, Straßen, ihrem Leben, ihrem Verkehr, denn mein eigenes Leben ist vielfältig verbunden mit dieser alltäglichen

Wirklichkeit. Ich setze voraus, daß die Busse und Bahnen fahren und daß dort, wo ich mein Brot kaufen will, nicht plötzlich eine rauchende Ruine steht. Aber auch wenn in absehbarer Zeit die letzten Baulücken, die noch an den Krieg erinnern, verschwunden sein werden, bleiben die Bilder unter den Bildern Hall- und Echoraum ihres gegenwärtigen Lebens.

Anfang der dreißiger Jahre: Auf der Rückkehr von einem Verwandtenbesuch fahren wir mit dem Auto am späten Abend über die Kölner Ringe. Ich habe schon geschlafen und lasse mich von den Eltern wecken, damit ich die Großstadt mit ihren Lichtreklamen und erleuchteten Straßenbahnen sehen kann, für einen kleinen Jungen vom Lande damals ein überwältigender Eindruck. 1943: Die Stadt ist verdunkelt. Ruinenhafte Fassaden

Altermarkt von der Nordseite aus gesehen

ziehen vorbei. Irgendwo scheint es noch zu brennen. Ich sehe alles von einem Zug aus, der langsam, immer wieder haltend, die innere Stadt umfährt. Flüsternde Stimmen im dunklen Abteil. Sie sprechen über die Katastrophe. Ich komme mir vor wie in einem Leichenzug. 1946: Auf dem Weg nach Bonn, wo ich studieren will, wandere ich durch die Kölner Innenstadt. Leben gibt es nur spurweise – in Buden und notdürftig wiederhergestellten einstöckigen Läden. 1952: Im Februar, einen Tag nach meiner Promotion, besteige ich den Kölner Dom, um die Stadt von oben zu überblicken. Es gibt wieder erkennbare Straßenzüge mit mehrstöckigen Bauten, aber dazwischen überall Baulücken und einstöckige Notbauten und viel unbebautes Gelände. Anfang der sechziger Jahre ziehe ich dann nach Köln. Es ist nun wieder eine große Stadt, deren weitläufige Außenviertel von einer funktionierenden Innenstadt zusammengehalten werden. Aber noch immer wirkt das Stadtbild lückenhaft und roh. Von Schönheit kann nicht die Rede sein.

Köln war damals längst eine bedeutende Medienstadt und entwickelte sich zur Kunstmetropole. Doch offensichtlich lebten wir nicht in einer der großen Epochen der Stadtgeschichte, sondern inmitten von halb Gelungenem und ganz Mißglücktem und erst teilweise Zu-Ende-Gebrachtem. Man war darauf eingestellt, daß es immer so weiterginge. Dies schien nicht das Zeitalter neuer Ideen und Konzepte zu sein, sondern ein dauerhaftes Provisorium.

Das scheint anders geworden zu sein in den letzten Jahren. Es ist, als sei die Lebenstemperatur der Stadt gestiegen, als habe sie ein leichtes Fieber erfaßt. So muß es gewesen sein in ihren historischen Aufbruchzeiten. Man setzt auf Zukunft, beginnt in größeren Zusammenhängen zu denken. Die Ideen und Projekte häufen sich und reihen sich in eine Ordnung ein: Eine neue Stadtgestalt scheint im Werden zu sein.

Den historischen Bedingungen entsprechend, kann sie nicht so homogen sein wie frühere Stadtgestalten. Zu viele Lebens- und Arbeitswelten, Bedürfnisse und Interessensphären treffen in ihr zusammen, zu viele Funktionen des praktischen Lebens müssen in ihr versammelt sein. Aber die großen Züge des Neuen sind erkennbar. Die Stadt sucht in ihrer vollen Breite wieder die Verbindung zum Rhein. Der Verkehr soll durch Tunnelbauten und U-Bahnen gebändigt werden, damit die Innenstadt allmählich zu einem großen Flanierraum zusammenwächst. Und hoffentlich wird, im Anschluß an eine bedeutende Konzeption der Vergangenheit, die Durchgrünung der Stadt fortgesetzt.

Köln wird schöner werden, aber nie fertig. Ohne den realistischen Sinn fürs Provisorische wird man auch in den nächsten zehn Jahren nicht in dieser Stadt leben können. Baustellen bedeuten Umleitungen und Staus und endlose Transporte von Erde, Bauschutt und Baumaterial. Man muß den Lärm der Maschinen ertragen und den Verlust seines Parkplatzes erdulden. Und es empfiehlt sich, nicht den letztmöglichen Bus zu nehmen, wenn man zum Bahnhof will, denn möglicherweise ist die Strecke unterbrochen. Doch das sind kleine Sorgen. Die Bewohner dieser Stadt sind mit größeren fertig geworden. Und die Belohnungen beginnen ja schon sichtbar zu werden. Der Maler, der das Bild der neuen Stadt malt, eine namenlose Kollektivperson, zu der ich alle, die an dieser neuen Zukunft arbeiten, verschmelzen möchte, wird in letzter Zeit offensichtlich ausdrucksstärker, kühner und sicherer.

Rheingarten mit Blick auf Groß St. Martin

Nachtspaziergänge in der Südstadt

1989

Am späten Abend, manchmal auch nachts, wenn ich meine Arbeit an der Schreibmaschine beendet oder das Buch, in dem ich gelesen, zugeschlagen habe, mache ich meistens noch einen Rundgang durch die Kölner Südstadt. Ich muß mich nach dem stundenlangen Sitzen ein wenig bewegen, muß ausatmen, durchatmen (wenn auch Köln kein Luftkurort ist, sondern an vielen Tagen ein Luftnotstandsgebiet), und vor allem muß ich mich von den Gedanken und Phantasien lösen, die mich den Tag über beschäftigt haben. Ich muß das imaginäre Szenarium verlassen und Verbindung aufnehmen zu der vertrauten Lebenswelt um mich herum.

Das Revier, das ich durchstreife, ähnlich wie ein Tier sein Territorium, liegt zwischen der Bonner Straße und der Rheinuferstraße, wird im Süden von dem Bahndamm begrenzt, der zur Südbrücke führt, umschließt also auch den Römer- und den Friedenspark. Es grenzt im Norden an das Stollwerkviertel, führt von der Bottmühle zur Severinskirche und noch ein großes Stück in die Severinstraße hinein. Von dort komme ich durch die Torburg zum Chlodwigplatz zurück, der das städtische Zentrum meines Reviers darstellt, räumlich aber an seiner Grenze liegt. Vielleicht nehme ich noch das Dreieck hinzu, das von Merowingerstraße und Rolandstraße gebildet wird. Seit fast zwölf Jahren wandere ich hier herum, wechsele nach Laune die Richtungen und die Straßenfolge. Überall gehe ich hier in meinen eigenen Spuren.

Ich trotte durch die dunklen Straßen, die an vielen Abenden, besonders am Wochenende, überschwemmt sind von den Autos der Kneipentouristen, die aus der ganzen Stadt und dem rechts- und linksrheinischen Umland in die Südstadt kommen. Es sind Menschen, die den mir schwer verständlichen Drang haben, in überfüllten und verräucherten Kneipen zu sitzen, und den allgemeinen Lärmpegel immer höher treiben, indem sie versuchen, über ihn hinweg zu reden. Ich ziehe Lokale vor, in denen ein paar Tische leer geblieben sind, mit breiten, unverstellten Sichtschneisen dazwischen, so daß die Bedienung sofort kommt und fragt, was man für Wünsche habe; und wenn man in Gesellschaft ist, muß man sich ohne Anstrengung unterhalten können. Aber andere sehen das anders, und ich betrachte das mit dem Staunen eines Ethnologen, der die Verhaltensweisen eines fremden Volksstammes beobachtet. Gut, denke ich, sie halten wieder ihr großes Palaver ab. Sie suchen die Zugehörigkeit und den Unterschied. Jeder ist hier wie alle und doch ein wenig anders, und miteinander spielen sie das durch: Wer bist du? Wer bin ich? Selbstdarsteller, die zusammenhocken. Jeder zeigt was Persönliches her, und alle zusammen stellen sie das Allgemeine dar. Es ist ein besonderes Allgemeines, das von der großen Mehrheit draußen verschieden ist. Ist dies hier das Leben? Wenn das Kölsch die Grenzen aufweicht und die Rauchschwaden die Sicht behindern, kann man nicht mehr unterscheiden, ob man zusammensackt oder schwebt. Man kommt her, weil die Kneipe eine Zusammenballung von Möglichkeiten ist. Wo so viele zusammenkommen, besteht begründeter Verdacht, daß jederzeit das Leben beginnen könnte. Noch ein Kölsch bitte! Und die nächste Zigarette. Noch sind die meisten da, und jeder, der neu hereinkommt, ist eine neue Bestätigung, daß dies hier der Platz ist, wo alles geschieht. Ich glaube, das Ganze ist völlig imaginär.

Genauso wie das, was ich treibe, an meiner Schreibmaschine. Es ist jedesmal ein kleiner Kulturschock, wenn ich das Zimmer verlasse, um nach draußen zu gehen. Die hier, denke ich, werden deine Bücher nicht lesen. Doch manche kennen und grüßen mich, wenn ich gedankenversunken an ihnen vorbeitrotte. Ich schaue in bekannte Gesichter und angele in den trüben Tiefen meines Gedächtnisses vergeblich nach den vergessenen Namen. »Hallo«, sage ich mit jener schuldbewußten Freundlichkeit, die ein »Seid umschlungen Millionen« anstelle einer persönlichen Anrede in die Bresche wirft. Und sie akzeptieren das und lassen mich weiterziehen. Ich nehme an, ich bin für sie eine Art Geistererscheinung, die um Mitternacht in den Straßen auftaucht, um irgendeinem alten Fluch zu gehorchen. Wie recht sie haben. Ich will meinen Phantasiegestalten entkommen. Sie haben mich leergesogen den Tag über, und nun gespenstere ich, gierig nach fremdem Leben, am Rand der nächtlichen Szene herum.

Diese Nachtspaziergänge sind wie eine sanfte Klopfmassage. Die Außenwelt verlangt Einlaß mit ihren Reizen. Sie macht verschwenderische Angebote. Vielleicht ist es eine laue Mainacht, und in der Mainzer Straße blühen die Robinien. Die mattweißen Blütengehänge in dem lichten Laub sehen im Schein der Straßenlampen weich und locker aus wie große Schaumtropfen. Nehmen wir an, dies ist ein üppiges Blütenjahr, und die alten Bäume zeigen wieder einmal, was in ihnen steckt. Dann duftet es sogar, als sei soeben die fremde Traumfrau an einem vorbeigegangen und habe sich wie gewöhnlich wieder in nichts aufgelöst. Doch um nicht zu romantisch zu werden, sage ich jetzt, daß ein leichter Wind aus Süden kommt und der Maischegeruch aus Küppers Brauerei durch die Straßen zieht. Weiße Wolken aus Wasserdampf steigen dort schräg in den Nachthimmel. Es sieht frenetisch aus, ein lautloses nächtliches Signal hinüber zu der Kneipenszene. Doch das liegt schon außerhalb des Viertels, von dem ich erzählen will, während die blassen, weit verstreuten Sterne über den Dächern für mein Gefühl dazugehören.

Ich wohne im ruhigen Teil der Mainzer Straße. Obwohl es jetzt an ihrem südlichen Ende auch ein Szenenlokal gibt, dessen gestylte Aufmachung – mit Monitorwand und einem schmiedeeisernen Gartentor mitten im Raum – ein zahlreiches Publikum mit weiten Flatterhosen und viel Gel in den Haaren in diesen Randbereich des Viertels lockt. Ihre größte Kneipendichte erreicht die Südstadt jedoch stadteinwärts in der Nähe des Ubierrings, vor allem da, wo ihn die Alteburger Straße kreuzt. Im Mai blühen dort die alten Kastanienbäume. Ihr frisches Laub sieht im Licht der Straßenbeleuchtung unnatürlich grün aus, als hätte man alle Blätter mit Phosphor bestrichen. Darunter flanieren durch die Nächte der warmen Jahreszeit Menschen mit hochbeladenen Eiswaffeln, lecken mit friedlichen Gesichtern an Himbeerrot und Pistaziengrün und zart besänftigender Vanille. Hier und da liegt Glas auf der Straße – ein zersprungenes Kölschglas, eine zerschlagene Flasche –, und aus den geöffneten Türen und Fenstern der überfüllten Kneipen strömen wie aus großen Düsentriebwerken mächtige Strahlen von mulmiger Luft ins Freie.

Immer noch kommen neue Leute und suchen Einlaß in das Gedränge. Dabei sitzt man schon Rücken an Rücken in den Fenstern, ohne Kontakt zum Bierhahn, doch um so mehr mit der Nachbarin. Vom umlagerten Tresen her werden Biergläser über die Köpfe hinweggereicht. Vielleicht ist dieser schwierige Versorgungsweg einer der Gründe dafür, daß man so wenig Betrunkene sieht. Dies ist keine Alkoholikerszene, wie man sie in traditionellen Kneipen findet. Trinker sind einsame Menschen. Sie ziehen Lokale mit mütterlich bergenden Namen wie »Bei Trude« oder »Zum alten Krug« vor. Hier dagegen herrscht die euphorische Erregtheit junger Leute, die dem Disco-Alter noch nicht so lange entwachsen sind. So klingen auch die Namen der Kneipen anders. Nicht der »Mainzer Hof«, ein Szenenlokal für

Ältere, das seinen ursprünglichen Namen behalten hat. Aber »Spielplatz« und »Opera«, »Schröders« und »Ekkstein's«, »Linus« und »Radio«, »U-Bier-Ding«, »Stilbruch« und »Out« haben das spielerische Flair einer Kunstwelt, die dem Comic-strip näher steht als dem Brunnen vor dem Tore. Nur das »Kaffeeböhnchen«, das auch auf Nachmittagsgäste hofft, und die »Alte Wettannahme«, ein Szenenlokal für Weintrinker, setzen auf gemütlichere Töne.

Während im Kneipenareal das Leben pulsiert, herrscht vor meiner Haustür längst nächtliche Stille, wenn ich zu meinen Spaziergängen aufbreche. Nur noch wenige Fenster der schönen gründerzeitlichen Fassaden sind erleuchtet. Die Hausgenossen Jan und Paul, zwei englische Journalisten, arbeiten noch. Auch gegenüber in der Dachwohnung unserer Freundin, der amerikanischen Malerin Jack Ox, brennt gewöhnlich noch Licht. Sie arbeitet seit Jahren an dem monumentalen Vorhaben, die Strukturen, Klangfarben und Motive von Anton Bruckners 8. Sinfonie über viele Zwischenstufen in eine Serie von meterlangen Gemälden umzusetzen: gemalte Musik, aber nicht als bloße subjektive Nachempfindung, sondern in Form einer systematischen Nachkonstruktion mit völlig anderen medialen Mitteln. Vielleicht hat sie sich etwas Verrücktes vorgenommen. Doch die strenge Methode gibt ihren Bildern eine Formkraft, wie ich sie lange nicht mehr in einer Ausstellung zeitgenössischer Kunst gesehen habe.

Jack Ox ist aus New York nach Köln gekommen und liebt diese Stadt. Sie findet, daß man hier gut leben und arbeiten kann, und ich gebe ihr gerne recht. Ich vermag nicht zu sagen, woran es liegt. Ist es der lebenspraktische Realismus der Kölner, ihre Neigung, schwierigen Situationen lieber mit Kompromißbereitschaft als mit Prinzipien zu begegnen? Ist es vielleicht ihre historisch im Umgang mit fremden Menschen gewachsene Toleranz oder auch Gleichgültigkeit (»Jeder Jeck ist anders«), die jedermann ganz selbstverständlich seine Verschrobenheit zubilligt?

Ich kann mir vorstellen, daß andere Städte ähnliche Qualitäten für sich beanspruchen, und so will ich hier nicht für Köln um die Tugendpalme streiten, weil dies vielleicht gar nicht so kölnisch wäre, sondern die Lebensqualität, die die Stadt für mich hat, als ein Produkt der Gewohnheit deuten. Ich wohne seit Jahrzehnten hier. Zuerst in Rodenkirchen, dann in Sülz, und nun schon lange in der Südstadt, und inzwischen ist dieses Viertel mein Biotop geworden.

Bei meinen Spaziergängen habe ich mir manchmal die Frage gestellt, was es bedeuten würde, wenn ich das Viertel nicht verlassen dürfte. Nun, es wäre natürlich eine unzumutbare Internierung, aber überleben könnte ich hier. Alles, was man zum täglichen Leben braucht, aber auch das Ausgefallene und Besondere, ist in den Grenzen des Viertels zu finden. Man kann eine Farbpistole und ein Hörgerät kaufen, neue und gebrauchte Klaviere und Badewannen in allen Modefarben, seltene Mineralien und Secondhand-Garderobe für kleine Kinder, Dekostoffe und Brillengestelle, Spazierstöcke, Videokameras und Biobrot. Es gibt nichts, was es nicht gibt – wohl auch eine rheinische Redewendung. Oder um es soziologisch auszudrücken: Dies ist eine gut gemischte städtische Geschäftslage und ein Viertel mit komplexer Infrastruktur. Im Unterschied zu einer Stadt wie Berlin, wo man weite Wege machen muß, wenn man beispielsweise einen orthopädischen Schuster und danach eine Werkstatt für die Anfertigung von Lampenschirmen sucht, liegt hier alles dicht beieinander. In wenigen Minuten Fußweg erreicht man Copyshops und Videotheken, Änderungsschneider und Schlüsseldienste, Arztpraxen aller Art, Massage- und Gymnastikstudios (auch, wenn's sein muß, deren rein lustbetonte Varianten).

Severinstor am Chlodwigplatz

Es gibt mehrere Buchhandlungen und eine öffentliche Bibliothek, ein Theater, ein Museum, zwei Fachhochschulen, ein Seminar für Lehrerausbildung, fünf Bankfilialen, zwei Kirchen, mehrere Altersheime, eins sogar für alte Nonnen.

Das meiste, was das Viertel zu bieten hat, brauche ich nicht. Zum Beispiel keine aufnähbare Stoffplakette für meine Windjacke mit Aufschriften wie »Nazareth« oder »Uriah Heep« und ebensowenig ein knallig beschriftetes Airbrush-Hemd. Die Menschen saugen ihren Nektar eben aus verschiedenen Blüten. Die gastronomische Palette des Viertels, von den vielen Schnellimbissen über die breite Mittellage in vielen Nationalitäten bis hin zum Feinschmeckerrestaurant mit gelegentlicher Gitarrenbegleitung zu den Weinbergschnecken, ist immerhin ein Angebot. Ich bin für den Überfluß der Möglichkeiten und liebe den Satz von Ludwig Wittgenstein, mit dem die Philosophie am Ende ihres Weges ins sprachlose Staunen zurückgekehrt ist: »Die Welt ist alles, was der Fall ist«. Mit diesem Wort im Ohr fällt mein Blick auf ein Plakat, das eine neue Single von den »Toten Hosen« ankündigt, die »1000 gute Gründe« heißt. Warum eigentlich nicht? Tausend gute Gründe für was, denke ich. Um das Richtige nicht zu tun und das Falsche nicht zu lassen? Der tausend-und-einste Grund entscheidet, nachdem man die anderen durchdacht und verworfen hat. Und deshalb streune ich nachts hier herum und starre in ein Schaufenster wie in ein aufgeschlagenes Buch in einer fremden Sprache, und vor der Tür des Nachbarhauses klimpert eine Frau lange und nachdrücklich mit ihrem Schlüsselbund, bevor sie dann doch ins Innere des Hauses verschwindet. Die Tür fällt ins Schloß mit einem deutlichen Ruck. War das der tausendundeinste Grund der tausendundeinsten Nacht, in der ich hier herumwandere?

Schon trete ich wieder aus meiner Haustür und bleibe nach gut hundert Metern vor den Schaufenstern der Seidengalerie

Smend stehen. Es brennt kein Licht mehr und die schimmernden Stoffgehänge sind kaum zu erkennen. Aber ich habe sie schon hundertmal gesehen und komme nur vorbei als ein Nachbar, der sich überzeugen will, daß die Dinge alle an ihrem Platz sind. Offenbar brauche ich das für mein Gleichgewicht. Und so zieht es mich jetzt zu »Bett und Decke«, wo mich aus dem Souterrain die Schaufensterpuppe mit dem Schweinskopf anlächelt, die einen rosafarbenen Bademantel trägt. Was für eine Darbietung ausgeschlafener Zufriedenheit! »Gut erhaltener Mittfünfziger sucht nette Saunabekanntschaft, um gemeinsam die Sau rauszulassen.« Man sollte diese Figur inmitten aufgestapelter Badetücher ins Museum Ludwig stellen.

Das alles sind unverantwortliche Nachtgedanken. Das Viertel ist unschuldig an meinen Phantasien. Obwohl es mir manchmal Motive zuschiebt, die ich gebrauchen kann. Sobald ich irgendein Thema habe, macht mir das Viertel seine Vorschläge. Eine Romanfigur ist in einer schwierigen, bedrängten Lage, und ich sehe auf einem abendlichen Spaziergang auf einem Monitor einen Karatekampf, auf dem sich ein Mann gegen drei Angreifer zu behaupten sucht. Das ist das Bild, das mir fehlte. Genauso wie das große Reklamemesser in einer Eisenwarenhandlung, das langsam seine Gerätschaften aus- und einklappt, den Herzkrampf veranschaulicht, den ich gerade beschreiben will. Noch wichtiger sind eigentlich die unauffälligen Dinge: das Bild einer leeren Telefonzelle in der Nacht, das Flackerlicht einer defekten Straßenbeleuchtung, ein regennasser alter Baumstamm, Schneefall vor der Fassade eines Hauses auf der anderen Straßenseite, Menschen in der Straße, Vögel auf den Fernsehantennen und die plötzliche Erinnerung daran, daß ich bestimmte Personen lange nicht mehr gesehen habe. Sind sie weggezogen, sind sie tot? Wenige Häuser weiter ist vor einigen Jahren ein Mann aus dem Fenster gesprungen. An der Ecke steht eine junge Prostituierte, die ich noch nie hier gesehen habe, blond wie Gretchen. Die Ältere, Robuste, die wie eine römische Matrone aussieht, und die Kleine mit dem Hüftschaden und die mit dem grauen Gesicht sind schon lange nicht mehr aufgetaucht. Ich ziehe weiter meine Bahnen. Und eines Tages wird jemand sagen: »Den habe ich schon lange nicht mehr gesehen. Wo ist der nur geblieben?« Ja, wo bleiben wir?

Die Nacht läßt die Fragen entstehen und wieder verhallen. Es sind bloß Stimmungen, keine Probleme, die auf eine Lösung warten. Das Loslassen ist jetzt die Lösung, das Dahintreiben. Mühelos geht das auf zweierlei Wegen, in der äußeren Welt und in dem Gehirnkino, in ihr, neben ihr, hinter ihr. Das Gehen spinnt den roten Faden aus sich heraus und rollt ihn wieder auf. Zu Hause angekommen, bin ich leer genug, um zu schlafen. Lausche noch ein wenig bei offenem Fenster auf die Nachtgeräusche: Züge auf der Südbrücke, das Martinshorn eines Notarztwagens oder der Feuerwehr, unverständliche Stimmen im benachbarten Häuserblock.

Einmal im Jahr, in der Weiberfastnacht, ist ein Grollen und dunkles Dröhnen im Viertel zu hören. Das sind Zusammenrottungen von Trommlern, die am Anfang der Alteburger Straße vor der »Opera« stehen oder sich unter dem Severinstor zusammenfinden, wo ihr rhythmischer Lärm besonders laut widerhallt. Kleine und große Trommeln sind dabei, exotische Handtrommeln, paukenähnliche Kessel, mit Schlegeln oder schweren Klöppeln geschlagen, Tamburins und Becken und allerlei improvisierte Schlaginstrumente, und dazu zahlreiche Trillerpfeifen, die immer dann, wenn das Rollen der Trommelschläge anschwillt und schneller wird, wie die Ventile eines Druckkessels schrill zu pfeifen beginnen. Und jetzt drängen sich vom Rand her drei, vier Tänzerinnen zwischen die Trommler. Die schließen sich um sie zusammen und treiben sie an zu ihrem flammenhaften Zucken und Schütteln, mit immer neuen rhythmischen Energieausbrüchen. Das wilde Getrommel ist pure Power. Es bündelt die Lebensströme, bringt sie auf den einfachsten, den stärksten Ausdruck. Jetzt! Jetzt! Jetzt! Und erneut jetzt und jetzt und wieder jetzt! Das Trommeln hat kein Ziel. Es besteht auf sich selbst. Es kennt kein Außerhalb. Es ist sein eigener Grund. Und alle ringsum bewegen sich, schwingen in den Eruptionen. Man sollte Trommelschulen einrichten, Trommelkliniken, Trommelgottesdienste, denke ich im Weitergehen, während ich noch höre, wie der Schlag einer schweren Trommel einen Augenblick lang den Einklang bricht, um sie alle neu mitzureißen: neue Salven von Energie, neues schrilles Pfeifen.

Auch kalte, lautlose Dämonen gibt es in der Nacht. Es ist irgendeine Nacht, die man sich nicht merkt, weil sie nichts Besonderes hat. Vielleicht sind weniger Menschen auf den Straßen. Und ich habe das Haus später verlassen als sonst. Gegen eins kommt am menschenleeren Chlodwigplatz gegen die Fahrtrichtung ein Radfahrer auf mich zu. Ich will die Straße überqueren, aber er starrt mich an, und ich schaue ihn an. Da zieht er aus seinem Blouson eine Pistole hervor und richtet sie zwei, drei Sekunden lang auf mein Gesicht. So rollt er dicht an mir vorbei. Ich habe mich nicht gerührt, habe nichts empfunden, nichts gedacht. Noch einmal blickt er sich nach mir um, bevor er um die Ecke verschwindet. Was für ein seltsames Schweigen hat er zwischen uns hergestellt mit seiner langsamen, deutenden Bewegung. Es gab nichts zu fragen und nichts einzuwenden. Es war der Augenblick für einen trockenen Knall. Auf einmal tauchen wieder Menschen auf und beleben die Nacht mit ihrer freundlichen Harmlosigkeit.

Wenn ich nicht zu spät zu meinen Nachtspaziergängen aufbreche, treffe ich oft alte Bekannte. Zum Beispiel Scarlet und Michael Zimmermann, zwei höchst eigenwillige Künstler, die in ihrem Atelier im Souterrain phantastische und skurrile Figurationen aus farbigem Ton formen. Es sind menschengroße Körper und labyrinthische Gebäude, fetischhaft geschmückt die einen, märchenhaft verrätselt und verspielt die anderen.

Michael und Scarlet sind gewöhnlich nicht allein. Billy ist bei ihnen, ein Mischlingsrüde von ebenso großer Charakterstärke wie Körperkraft. Er scheint ein ZEN-Meister unter den Hunden zu sein, ein Tier ohne Hysterie und Aggression, mit einem gelassenen Vertrauen zum Leben. Natürlich geht Billy nicht an der Leine, und wenn andere Hundebesitzer mit ihren zerrenden, kläffenden Kötern vorbeikommen, wechseln Michael und Billy nur einen Blick und gehen friedlich ihrer Wege. »Billy ist mein Lehrer«, sagt Michael Zimmermann. »Von ihm lerne ich, was im Leben wichtig ist und was nicht.« Billy weiß Balance zu halten zwischen seinen eigenen Bedürfnissen und den Rechten der anderen. Er hat Geduld, er zeigt Verständnis, aber hündische Unterwerfung kennt er nicht. Jetzt zum Beispiel grummelt er ein wenig, was heißen soll: »Nun kommt mal zu Ende mit eurer Unterhaltung. Wir wollten doch noch zum Rheinufer.« Da gibt's keinen Einspruch.

Ich komme noch ein Stück mit, um durch die Trajanstraße zurückzugehen. Meister Grossers Schild »Friseur im Hof. Bitte an der Haustür klingeln« erinnert mich daran, daß ich ihn in den nächsten Tagen besuchen muß. Ich freue mich auf seine unerschöpfliche Erzählkunst und seinen abschließenden Händedruck: »Bleiben Sie gesund. Alles andere gibt's noch zu kaufen.« Worauf ich antworte: »Wenn man Geld hat.« Er stimmt mir zu mit einem erneuten Händedruck: »Da haben Sie recht.« Zusammen kommen wir der Wahrheit immer ziemlich nahe.

Meister Grosser hat mir von Schlaffti erzählt, einer der sagenhaften Figuren des Viertels, die ich auch noch gekannt habe. Jetzt, da ich bei den Anonymen Alkoholikern vorbeikomme,

Severinsmühlengasse mit Blick auf den Chor von St. Severin

die hinter ihren Preßglasscheiben in einem asketischen weißen Lampenlicht Mineralwasser oder Tee trinken, fällt mir Schlaffti wieder ein. Er ist vermutlich nie hier gewesen. Oder wenn er es versucht hat, ist er wohl bald wieder gegangen, hat sich in dem kleinen Laden in der Alteburger Straße, der noch bis Mitternacht Flaschenbier und Lakritz, Schnaps und Schokolade verkauft, ein paar Flaschen in eine Plastiktüte packen lassen und ist in einem der beiden Parks verschwunden.

Im Friedenspark sitzen oder liegen die Gestrandeten in den Sommernächten auf den Bänken des Wallgrabens im Dunkel der Heckennischen. Wenn ich ein Stockwerk höher durch den Steingarten gehe, höre ich dort unten ihre trunkenen, schwerfälligen Stimmen. Nur ihr Tonfall ist zu verstehen: ein Auftrumpfen, ein Schimpfen, dann das Absinken der Stimmen in das dumpfe Gemurmel des Fatalismus und der Besoffenheit. Jetzt kreist die Flasche. Jemand beginnt mit unsicherer, krächzender Stimme den Refrain eines alten Schlagers zu singen, bricht aber gleich wieder ab, weil Worte und Melodie fehlen und ohnehin nichts einen Sinn hat. Jetzt hustet einer, vielleicht der Sänger, während die entrüstete Erzählerstimme von vorhin sich wieder zu Wort meldet und auf etwas beharrt, was niemand hören will, so daß sie bald wieder verstummt und erneut die Flasche kreist und vorübergehend Stille eintritt, als wären sie alle ein Stück tiefer in ihren Rausch versackt.

Ich habe mich auf eine der weißen Bänke gesetzt und die Füße auf die niedrige Mauer gelegt. Manchmal sitze ich auch tagsüber hier und lese. Dies ist eine besonders schöne Nacht mit milder Luft und kleinen weißen Wölkchen, die sich nicht verändern, nicht bewegen. Ein Zug fährt über den Bahndamm zur Südbrücke, ein anderer kommt von dort. Zwei Bänke weiter sitzt ein Liebespaar. Bei denen da unten im Wallgraben ist jetzt auch manchmal eine Frau. Es ist eine Person mit struppigen Haaren, die laut vor sich hinschimpft, wenn man ihr begegnet: »Das wollen Deutsche sein!« Und: »Schau dich doch an! Du gehörst doch auf den Friedhof!« Man soll ihr wohl zustimmen oder es auf sich beziehen.

Aber ich wollte ja von Schlaffti erzählen, der lange Zeit eine der markantesten Gestalten der Südstadt war. »Schlaffti« war er von Kindern getauft worden, wohl nach einer Figur aus einem Comic-strip. Wenn sie ihn mit diesem Spottnamen riefen, antwortete er immer:»Schlaffti klabaffti bei Tag und bei Nacht«. Die Kinder waren von ihm entzückt. Er war freundlich und humorvoll, erzählte Geschichten aus dem Krieg und aß dabei ihre Schulbrote. Manchmal kauften sie ihm auch eine Flasche Bier, denn er bestand darauf, daß man zum Essen etwas trinken müsse. Schlaffti war polnischer Soldat gewesen, zur Hälfte aber deutscher Abstammung, und die Deutschen steckten ihn in die Waffen-SS. Er war an allen Brennpunkten der Ostfront und wurde mehrfach verwundet. Am Polarkreis will er sogar Menschenfleisch gegessen haben. Man schnitt nach seinen Berichten den Gefallenen das Fleisch aus den Wangen und briet es.

Nach dem Krieg und langer Gefangenschaft war Schlaffti körperlich am Ende und impotent. Er war verheiratet und hatte zwei Kinder, aber seine Frau lebte mit einem anderen Mann und wollte nichts mehr von ihm wissen. Er kam in den Westen und machte ein kleines Fuhrunternehmen mit Pferden auf. Doch gegen die Lastwagen hatte er nichts zu bestellen. Er ging auf den Bau, wurde wegen dauernden Fehlens und wegen Betrunkenheit immer wieder entlassen. Auf allen Arbeitsstellen bekam er Streit mit den Polieren, denen er rhetorisch weit überlegen war. Inzwischen war er ein chronischer Trinker, der Gebrauchtmöbel an türkische Gastarbeiter verkaufte. Das ging nur anfangs gut, als die Türken noch nicht richtig verdienten. Er wurde dann Altmaterialsammler, zog mit einem Handkarren durch das Viertel und sammelte Papier und Flaschen ein. Das war nur noch ein Vorwand, um in den Geschäften um Bier und Geld zu betteln. Meine Frau, die seinen westpreußischen Akzent mochte, unterhielt sich manchmal mit ihm und gab ihm etwas Geld. Als sie ihm einmal vorschlug, eine Flasche Milch zu spendieren, sah er sie vorwurfsvoll an. Er hatte sie bis dahin für eine vernünftige Frau gehalten. »Madamchen«, sagte er, »was glauben Sie, wieviel Milch ich heute schon getrunken habe.«

Es ging sichtlich abwärts mit ihm. Aber er war ein Überlebenskünstler. Im Winter ließ er sich in einem undurchschaubaren Gemisch aus Verzweiflung und Berechnung vor Autos fallen oder legte sich einfach mitten auf die Straße. Man schaffte ihn ins Krankenhaus, wo er seine ganze Schlauheit und seine vielen Lazaretterfahrungen aufbot, um die Stellung zu halten. Er machte sich nützlich auf der Station, leerte die Bettpfannen der Kranken, las ihnen vor, verteilte das Essen, war zu allem zu gebrauchen. Die Schwestern mochten ihn und hielten ihn so lange sie konnten. Wenn er schließlich doch entlassen werden mußte, wurde er mit Kleidern von irgendeinem verstorbenen Patienten ausgestattet und erschien »stolz wie Graf Koks«, so schildert es Meister Grosser, im Friseurladen, um sich rasieren zu lassen. Denn eine Rasur zur Begrüßung bekam er umsonst.

Tage später sah er schon wieder völlig verkommen aus. Er aß kaum noch, lebte vom Bier. Da er mehrmals von anderen Pennern schwer verprügelt worden war, ging er in kein Asyl mehr, auch zu keiner Behörde. Er schlief in einem modrigen Kellerraum des Alten Forts auf einem Lager aus alten Zeitungen, geduldet von den städtischen Gärtnern, die dort ihre Geräte aufbewahrten. Mit Zeitungen stopfte er auch seine Kleider aus, wenn es kälter wurde: das waren Erfahrungen aus dem Krieg. Eines Abends, es ging wieder auf den Winter zu, sah ich ihn, ein paar Schritte von einem Lebensmittelladen entfernt, halb im Rinnstein, halb auf dem Bürgersteig liegen. Er war aufs Gesicht gefallen und blutete, stöhnte schwer, war aber nicht ansprechbar. Ich versuchte, ihn aufzurichten und mit dem Rücken gegen die Hauswand zu setzen. Ein anderer Passant half mir. Aber Schlaffti regte sich kaum und roch wie ein Sack verfaulter Kartoffeln. Es war wieder ein Krankenwagen fällig, das sahen alle, die herumstanden. Kurz danach ist er gestorben.

In den letzten Jahren vor seinem endgültigen Niedergang hatte Schlaffti noch einen Freund gefunden. Herr A., so wollen wir ihn nennen, war ein angesehener katholischer Geschäftsmann von kleinbürgerlichem Zuschnitt, der an den Suff gekommen war und bankrott gemacht hatte (oder vielleicht war es auch umgekehrt). Und wie Schlaffti war er von seiner viel jüngeren, vitalen Frau verlassen worden. Er hatte einen halbherzigen Selbstmordversuch hinter sich, war im Krankenhaus gewesen und saß eines Tages, nicht mehr wissend, wie und warum er noch leben sollte, weinend auf einer Bank im Park. Da kam Schlaffti Klabaffti bei Tag und bei Nacht und setzte sich neben ihn, um ihn zu trösten. Von da ab sah man die beiden häufig zusammen. Ich nehme an, daß Schlaffti, der Vielerfahrene, Herrn A., dem Novizen unter den Gestrandeten, das Leben erklärt hat. Und Herr A. wird begriffen haben, daß es etwas viel Größeres, Phantastischeres und Grausameres ist, als er, der biedere Kaufmann, es sich je hatte träumen lassen. Er starb bald an seinem schwachen Herzen. Schlaffti, der zähere von beiden, hatte noch einen längeren Weg vor sich.

Aber wir wollen bei dem freundlichen Bild verweilen, das die beiden an einem schönen, sonnigen Tag auf einer Parkbank zeigt. Die Bierflaschen stehen neben ihnen, und sie reden.Ich glaube nicht, daß sie im Augenblick verzweifelt sind, denn sie sind ohne Scham und ohne falsche Hoffnungen, und wenn man genau hinsieht, erkennt man, daß es die beiden

Clowns von Samuel Beckett sind, nicht mehr auf Godot wartend.

Gut, ich gehe jetzt nach Hause. Ich wohne hier um die Ecke, bei Tag und bei Nacht.

Die Kölner Brücken und der Rhein

1989

Köln, die vom Rhein durchströmte und um ihn versammelte Stadt, ist selbstverständlich (aber das Wort gefällt mir nicht, denn es verleugnet das Wunderbare), ist also selbstverständlich und wunderbarerweise nicht nur die Stadt der vielen Türme, sondern auch die der vielen Brücken. Nehmen wir an, die linksrheinischen und die rechtsrheinischen Stadtgebiete seien die ungleichen Hälften eines auf der Erde ausgebreiteten, riesigen Umhangs, dann sind die Brücken die Spangen, die ihn zusammenhalten. Es würde nicht schwerfallen, im Bild zu bleiben und von Schmuckspangen zu sprechen, doch ich will mich auf die Feststellung beschränken, daß sich die Brücken durch ihre Konstruktion und ihren Baustil und auch durch ihren Zweck und ihre Entstehungszeit ausdrucksvoll unterscheiden.

Es gibt zwei traditionelle Bogenbrücken – die Hohenzollernbrücke und die Südbrücke – mit mächtigen, stählernen Bogenfachwerken, die gitterartig mit den Fahrbahnen verbunden sind, und es gibt die viel leichter und immaterieller wirkenden Hängebrücken, wie die Rodenkirchener und die Mülheimer Brücke, Bauwerke, die trotz ihrer modernen monumentalen Gestalt an die Lianenbrücken des tropischen Urwaldes erinnern. Bei den sanft geschwungenen, aus Stahlkästen montierten Brücken, die, wie die Deutzer Brücke und die Zoobrücke, keine über die Fahrbahn hinausragenden Tragwerke haben, denkt man an klassische Balken- oder Steinbrücken. Sie sehen so einfach und unproblematisch aus, daß man ihre gewaltige Spannweite für selbstverständlich hält. Eine elegante konstruktive Variante zwischen Hängebrücke und Balkenbrücke stellt die Severinsbrücke dar, mit ihrem einzigen, aus dem Zentrum gerückten Pylon, von dem nach beiden Seiten in Form eines ungleichseitigen Dreiecks drei Tragseile ausgehen, die die Fahrbahn halten. Die nördliche Autobahnbrücke zwischen Köln-Merkenich und Leverkusen, auch eine seilverspannte Balkenbrücke, wie die Ingenieure diesen Typ nennen, wiederholt dieses Bauprinzip mit zwei Pylonen.

Sie und die Zoobrücke sind die beiden jüngsten Kölner Brükken. Sie wurden 1965 und 1966 in Betrieb genommen, und wenn man den Verkehr, besonders während der Rush-hour, beobachtet, muß man sich fragen, wie denn das Leben der Stadt und der Region funktionierte, als es diese Brücken noch nicht gab. Aber so ist das: Brücken ziehen von weither Bewegung an. Sie bündeln die Verkehrsströme und fächern sie am anderen Ufer in viele Abfahrten vom Hauptstrang auf, und allein die Möglichkeit, schnell über den Fluß zu kommen, läßt neue Lebensnetze, neue Beziehungen entstehen. Jetzt kann man hier arbeiten und drüben leben, dort produzieren und hier verkaufen, kann am kulturellen Leben der Stadt teilnehmen und draußen auf dem Lande wohnen und seinen Garten bestellen, ein Lebenszusammenhang, der immer weiträumiger und immer dichter wird.

Seit die unter Kaiser Konstantin um 310 n. Chr. erbaute römische Brücke zum Kastell Deutz (castellum divitiense) etwa hundert Jahre nach ihrer Errichtung aus militärischen Gründen von den Römern selbst wieder zerstört worden war (der Rhein galt als besserer Schutz gegen die Franken als eine rechtsrheinische Militärbastion), gab es jahrhundertelang nur Schiffsbrücken und keinen festen Rheinübergang mehr, bis, zwischen 1855 und 1859, am Platz der heutigen Hohenzollernbrücke die erste Eisenbahnbrücke erbaut wurde. Sie hatte drei neugotische Turmpaare, eins in der Brückenmitte, zwei an den Brückenköpfen, und wurde wegen ihrer engmaschigen Eisengitterkonstruktion vom Volksmund »Die Mausefalle« genannt. Für den wachsenden Verkehr wurde sie bald zu eng. Der Brückenboom begann, als an ihrer Stelle von 1907 bis 1911 die Hohenzollernbrücke erbaut wurde, die dann gleich anschließend mit der Südbrücke eine Assistentin bekam. In den dreißiger Jahren überspannten vier Brücken den Strom, und von 1938 bis 1941 kam als modernstes Bauwerk die Rodenkirchener Autobahnbrücke hinzu. 1945 lagen alle Brükken zerstört im Fluß. 1946 bauten die Alliierten eine Notbrücke, die sogenannte Patton-Bridge, auch »Tausendfüßler« genannt. Über sie kehrten die evakuierten Kölner zu Fuß und mit Handwagen in die Stadt zurück. 1948 wurde die wiederhergestellte Hohenzollernbrücke wieder in Betrieb genommen, und damit begann der zweite Kölner Brückenboom. Inzwischen besitzt Köln acht Rheinbrücken, und für mehr scheint kein Platz zu sein, vor allem, wenn man die seit einigen Jahren bei Fotografen beliebten Aufnahmen mit extremen Teleobjektiven betrachtet, die die Brücken zu der Vision einer futuristischen Brückenausstellung zusammenrücken. Was für eine Darbietung von stählerner Energie und technischer Schönheit, vor allem im utopischen Glanz des Gegenlichtes, das die Linien graphisch abstrahiert und den Fluß silbern erglänzen läßt!

Auf meinem Stadtplan hat der Kartograph die Brücken mit derselben liebevollen Genauigkeit gezeichnet wie die berühmten Kirchen der Stadt, das Rathaus und den Gürzenich, und er hat ihnen auf diese Weise eine höhere Individualität zugebilligt als den gewöhnlichen Nutzbauten und Straßenzügen, die in den üblichen schwarzen, rosafarbenen und dunkelroten Kartenfarben angelegt sind und nur als abstrakte Flächen und Linien existieren. Der Rhein erscheint auf der Karte als leuchtend blaue Schlange, die sich in mächtigen, Platz fordernden Bögen durch die Stadt windet. Im Weißer Bogen wendet er sich energisch ostwärts und kommt, als habe er Schwung geholt, in einem weiträumigen Bogen wieder nach Westen, die Stadt in einen Halbkreis zurückzwingend, um dann, im Bereich der Zoobrücke und der Mülheimer Brücke, wieder nach Osten auszuschlagen. Es ist, als wehre er sich gegen seine Beengung durch die Bauten der Menschen, und aus der Vogelperspektive des Kartographen mag man daran zweifeln, daß es den acht Brücken gelingen könnte, die links- und rechtsrheinischen Stadtteile gegen die spaltende, drängende Kraft dieses blauen Energiestromes dauerhaft zusammenzuhalten.

Das nächste Hochwasser kommt bestimmt, überschwemmt die Poller Wiesen, die Rheinuferstraße, vielleicht auch wieder die Kölner Altstadt, wie die beiden Frühlingsfluten des Jahres 1983, als man im Wallgraben des Hindenburgparks hinter der überschwemmten Rheinuferstraße mit einem Paddelboot herumfahren konnte und die Keller der Südstadt kniehoch voller Grundwasser standen. Auf schnell gezimmerten Holzstegen kletterte ich, zusammen mit anderen Schaulustigen, beim Rheinauhafen über die überschwemmte Uferstraße und kam an einem aus dem Wasser ragenden Briefkasten vorbei, auf den ein Witzbold einen Zettel geklebt hatte: Vorübergehend keine Leerung.

Die Menschen schienen von der Machtdemonstration des Flusses begeistert zu sein. Mit Ausnahme natürlich der Wirte in der Altstadt, denen die Flut durch die Gaststuben strömte. Viele gingen auf die Brücken, deren Auffahrten außerhalb des angeschwollenen Flusses geblieben waren. Südlich der Poller Wiesen waren die Tennisplätze überschwemmt und ragten die Bäume aus dem Wasser. Vor der Altstadt hatten die schnell herangeschafften Erhöhungen der Ufermauer die Flut nicht halten können. Der Schiffsverkehr ruhte. Die Anlegebrücken hatten sich in hochragende Rampen verwandelt. Gerümpel schwamm vorbei, und die Pfeiler der Brücken ragten noch knapp über das Wasser.

Es war natürlich nur ein Teilsieg des Flusses. Von den Brücken aus konnte man ihn bestaunen. Der Fluß schien sich an seine ferne Vergangenheit zu erinnern, als er sich ungezähmt durch sein Urstrombett wälzte, sich mal nach hier, mal nach dort wandte und mit zahlreichen Nebenarmen durch immer wieder überschwemmte Auwälder floß. Ausgeträumt dieser Traum. Doch die Menschen oben auf den Brücken, die auf die unter ihnen treibenden dunklen Wassermassen hinabblickten, mochten noch ein fernes Echo davon spüren.

Die Brücke, so hat Georg Simmel in einem kleinen Essay mit dem Titel »Brücke und Tür« dargestellt, symbolisiert »die Aus-

Hohenzollernbrücke mit Blick auf das Deutzer Ufer

breitung unserer Willenssphäre über den Raum«. Indem sie das Hindernis – den Fluß, das Tal, die Schlucht – überspannt, überwindet sie das Trennende, ohne es zu verleugnen. Es ist vielmehr in ihre Gestalt und Idee sinnfällig mit eingeschlossen. Um etwas verbinden zu wollen, muß man es immer schon als getrennt begriffen haben. Und es bleibt auch als getrennt erkennbar, wenn man das Trennende überbrückt.

Auf dem Scheitelpunkt des Brückenweges, mitten über dem Strom, überlagern sich die Bewegungen und die Dimensionen des Raumes und erzeugen ein seltsames Gefühl von Ortlosigkeit, als sei man aus allen festen Beziehungen herausgehoben. Man faßt das Geländer, prüft seinen Griff und beugt sich ein wenig vor. Während hinter einem der Verkehr in beiden Richtungen rollt und man das Vibrieren und Beben unter den Sohlen spürt, strömen die Wassermassen in unregelmäßigen Flächen auf den Querriegel der Brücke zu: große graue Geschiebe, die zu Wellen, Wassernarben, kleinen, sich wieder glättenden Strudeln werden, bevor sie ins Schattenfeld der Brücke gleiten und den Blick unter ihr mitzureißen versuchen. Wenn man ihn erneut auf eine ferne Stelle im heranströmenden Fluß richtet, wird er von ihr schnell wieder zur Brücke zurückgebracht. Schaut man hoch, weil die Brücke zu driften oder zu kippen scheint, fließt über einem der Wolkenhimmel, unberührt von allem Getriebe hier unten, in seine eigene Richtung.

Sofern man noch nicht abgestumpft sei durch tägliche Gewöhnung, sagt Simmel, gewähre einem die Brücke »das wunderliche Gefühl« . . . »zwischen Erde und Himmel zu schweben«. Die Brücke überspannt den Abgrund, das fließende Wasser, die Weglosigkeit, und so ist sie auch in den Träumen das Symbol des Übergangs und der Veränderung, bedeutet Rettung oder unausweichliche Gefahr. Auf der Brücke nähert sich der Verfolger, erwartet einen der Unbekannte, begegnet einem der

Feind. Doch der größte Traumschrecken ist der, daß die Brücke zerbrochen ist und nicht zum rettenden Ufer führt.

Wir haben es nicht nur geträumt. Obwohl man dazu neigt, es zu glauben, wenn man alltäglich um sich herum die wiederaufgebaute Stadt sieht, die selbst schon wieder ihre eigene Baugeschichte mit schützenswerten Baudenkmälern hat. Die Stadt ist immer im Werden, immer im Wandel, und die Erinnerung kann sich nur mühsam dagegen behaupten.

Ich habe mir Fotos der zerstörten Brücken angesehen, die 1945 alle im Wasser lagen. Die stählernen Tragebögen und Gitterwerke, die zerrissenen Gleise und zerborstenen Fahrbahnen, die zerstörten Pfeiler und umgeknickten Masten sperrten den Strom als riesige, bizarre Barrieren. Auf einem der Fotos kommt dem Betrachter eine junge Frau entgegen. Sie schaut einen nicht an, sondern blickt vor sich auf den Boden, denn sie geht genau über den Bordstein der ehemaligen Uferpromenade, die schlecht zu begehen ist, da dort, zwischen den zerschlagenen Steinplatten, Gestrüpp wächst. Sie hat ein helles Kleid an, und es scheint herrliches Frühlings- oder Sommerwetter zu sein, ein Geschenk der Natur an das verwüstete Land in den ersten Monaten nach dem Krieg, das vielen Menschen, vor allem den Obdachlosen, das Überleben erleichtert hat. In der linken Hand trägt die junge Frau einen Koffer. Sie kommt also wohl vom Bahnhof und wandert nun den Rhein entlang in südlicher Richtung, um irgendwann zu der Endhaltestelle der Rheinuferbahn nach Bonn zu kommen. Auch ich habe 1946 und 1947 dort meine Koffer geschleppt, um die Bahn nach Bonn zu erreichen, wo ich studierte. Allmählich rückte dann die Endhaltestelle der Bahn an die Hohenzollernbrücke heran, die auf dem Foto mit der jungen Frau im Hintergrund zu sehen ist. Die heute verschwundenen burgartigen Türme der Brückenrampe stehen noch, aber die Brücke liegt im Wasser. Wenige Meter hinter der Frau steht ein schwarzer Schleppkahn schräg auf der Uferpromenade. Er hat die Schutzgitter durchbrochen und liegt wie ein seinem Element entsprungenes Ungetüm plump und befremdlich im Weg. Die Bildunterschrift erklärt die Erscheinung: »Schleppkahn vom Bombendruck auf Land gesetzt«. Die Leute auf dem Foto wundern sich nicht darüber. Sie umgehen die Hindernisse. Wie sollten sie auch je wieder beseitigt werden? Und wie wollte man die Trümmer der Brücken aus dem Strom bergen? Noch deutlicher als in den zerstörten Häusern symbolisierte sich der Krieg in den zerbrochenen Brücken als das Trennende schlechthin. Dies war eine so verheerende Vernichtung vom Lebenssinn, daß man nur mit einem Gefühl von Lähmung diese starren, vom Wasser durchströmten Trümmer betrachten konnte.

Vor ein paar Tagen habe ich mit meiner Frau am rechtsrheinischen Ufer eine Fahrradtour gemacht. Meistens fahren wir linksrheinisch. Aber dort herrschte wegen des strahlenden Frühlingswetters an diesem Tag zuviel Trubel. Beim Rheingarten oder in Rodenkirchen hätten wir die Räder schieben müssen. Doch von der anderen Rheinseite aus bot das Gewimmel vor der Stadtsilhouette und hinter dem von vielen Ausflugsschiffen und Booten belebten Strom ein freundliches Bild. Zwischen Lufthansahochhaus und Hyatt-Hotel saßen wir mit dem Rücken an der Ufermauer und blickten hinüber auf das berühmte Panorama der Stadt.

Im Flußabschnitt zwischen der Hohenzollernbrücke und der Deutzer Brücke hat es seinen auf zahlreichen Ansichtspostkarten und Plakaten gewürdigten Höhepunkt. Rechts steht der Dom auf seinem Hügel, schräg vor ihm das Sheddach des neuen Museums. Südlich davon schließen sich die spitzen, dicht zusammengedrängten Dächer der in ihren alten Grundrissen wiederaufgebauten Altstadt an, aus der der mit vier kleinen Ecktürmen bewehrte Turm von Groß Sankt Martin hervorragt. Hinter der Altstadt ist die Spitze des Rathausturmes zu sehen, und vor ihrer Rheinfront stehen seit einigen Jahren die grünen Bäume und die Glaspavillons des Rheingartens, durch den an diesem Tag zahllose Menschen flanierten. Stadt und Fluß zeigten sich im besten Licht und ließen in mir ein Gefühl von freundlicher Zustimmung entstehen, eine Art Einklang mit der vertrauten Welt. Ich schloß die Augen, um dieser Stimmung nachzugeben. Man konnte die Welt sich selbst überlassen. Alles war so selbstverständlich da, und ich wußte mich darin aufgehoben.

Da auf einmal hörte ich das Geräusch: ein ununterbrochenes Rollen und Dröhnen, fast ein metallischer Klang. Es war wohl die ganze Zeit schon da gewesen, unterhalb der Schwelle meiner Aufmerksamkeit. Das friedlich-heitere Panorama der Stadt, der im Sonnenlicht glänzende Strom hatten es nicht aufkommen lassen. Doch in dem Moment, in dem ich die Augen schloß, war die sonnige Idylle ausgelöscht, und das Geräusch konnte zu mir durchdringen und mich umhüllen. Es war ein dunkler, rhythmisch schwingender Klang, der wie in einem weiträumigen Gewölbe widerhallte, ein ausgedehnter Schallschirm über mir, dringlich und unbestimmt wie ein geträumtes Geräusch. Und wie man in einem Traum erwacht, aber immer noch weiterträumt, erkannte ich, was es war: das Dröhnen der Motoren anfliegender Bombergeschwader, dessen sonore Drohung den ganzen Himmel erfüllte. Es näherte sich einige Zeit nach dem Heulen der Sirenen oder kam hinter ihm hervor, sobald der Sirenenton verebbt war. Die Scheinwerfer suchten nach dem Dröhnen, die Flakgeschütze ballerten ihm entgegen, aber es breitete sich immer mehr aus. Das mußten Hunderte von Flugzeugen sein, die unaufhaltsam ihrem Zielgebiet entgegenflogen. Ich stand am Kellerfenster und blickte zum Himmel hoch, wo nichts zu sehen war außer dem Lichtschein explodierender Flakgranaten, denen wie kurze Paukenschläge der Schall folgte. »Sie fliegen nach Köln«, sagte jemand hinter mir. Und in Köln am Rheinufer saß ich und brauchte nur die Augen zu öffnen, um zu begreifen, daß das unheimliche Geräusch das Dröhnen der ein- und ausfahrenden Züge auf der Hohenzollernbrücke war, die mit ihren schweren Stahlblechen, Hohlkörpern und vergitterten Bögen wie ein riesiges Klanginstrument wirkte. Im selben Moment flachte der Klang ab und zog sich in das Bild zurück, zu dem er gehörte: Ein langer Intercity-Zug rollte auf den Bahnhof zu, aus dem ihm ein anderer Zug entgegenkam. Die Reisenden, die im Hauptbahnhof aussteigen wollten, standen jetzt mit ihren Gepäckstücken im Gang neben den Abteilen oder im Vorraum der Großraumwagen und blickten auf den Strom und die näherkommende Rheinpromenade. Was für ein schöner Tag, mochten sie denken. Was für ein reizendes Bild. Gleich würden sie in die große, neu eingedeckte Glashalle des Hauptbahnhofes einfahren und ganz selbstverständlich am Ziel ihrer Reise und vielleicht sogar zu Hause sein. Wahrscheinlich habe nur ich an meinem abseitigen Platz vernommen, wovon die Brücke gesungen hat.

Seit die Hohenzollernbrücke vor kurzem wieder einen dritten doppelgleisigen Bogengang bekommen hat, ist ihre alte Mächtigkeit wiederhergestellt. Die wilhelminischen Burgtürme, die 1957-1959 abgebrochen wurden, fehlen zwar, aber die vier Reiterstatuen der Hohenzollernkönige stehen auf den Brückenköpfen. Mit rund tausend Zugfahrten am Tag, die S-Bahnzüge nicht eingerechnet, leistet die Brücke Schwerarbeit. Vermutlich ist sie weithin die bekannteste der Kölner Rheinbrücken, nicht nur wegen der Verkehrsfrequenz, sondern weil sie genau in der verlängerten Ost-West-Achse des Doms auf das mittelalterliche Architekturwunder des Domchors zuführt.

Hat man die beiden Reiterstatuen auf den Podesten des westlichen Brückenkopfes passiert, die im Imperatorstil auf die Stadt zureiten, dann schwenken die Gleise nach halbrechts und geben den Blick frei auf den Kapellenkranz des Chors und die daraus hervorschießenden Fialen und Strebebögen, das Dach, das breit gelagerte Querschiff mit der Laterne über der Vierung und die durchbrochenen Spitzen der westlichen Doppeltürme. Und schon taucht der Zug unter die niedrigen Dächer der südöstlichen Bahnsteige, bis sich das weiträumige Mittelschiff der Bahnsteighalle öffnet. Es ist eine verglaste Stahlkonstruktion in

Bahnsteighalle des Hauptbahnhofs

flacher Spitzbogenform, mit einer Spannweite von 65 Metern, sehenswertes Beispiel der Glaspalastarchitektur des 19. Jahrhunderts und trotz des modernen betriebsamen Lebens, das die Halle umschließt, ein Bau, in dem der profane Zweck zu einer ästhetischen Transzendenz getrieben ist. Das Wechselspiel von Stahlträgern, Sprossen und Glasflächen paßt trotz aller Unterschiede von Material, Baustil und Gebäudezweck nicht schlecht zu den lichtdurchbrochenen Wänden des Doms, der hinter dem Glasdach der Halle als dunkelgraues Phantom zu sehen ist. Wenn man aus dem Bahnhof tritt, sieht man ihn von der Seite in voller Länge auf dem Domhügel, zugleich entrückt und zum Greifen nah, eine spektakuläre Ankunft, mitten im Herzstück der Stadt, für die ich so schnell keinen Vergleich weiß.

Die Kölner verdanken das Ensemble dem preußischen König Friedrich Wilhelm IV., einem romantischen Geist, der sich zum Förderer der Domvollendung machte und die Idee hatte, neben den Dom, der die Geschichte repräsentierte, mit dem Bahnhof ein Symbol der neuen Zeit zu stellen. Das mag technische Nachteile haben, aber das dichte Nebeneinander von Kathedrale, Bahnhof und Brücke, dem in jüngster Zeit der Neubau des Wallraf-Richartz-Museums und des Museums Ludwig beigesellt wurde, ist eine städtebauliche Trumpfkarte ersten Ranges.
Der im Ersten Weltkrieg gefallene Dichter Ernst Stadler hat der Fahrt über die Hohenzollernbrücke ein berühmtes Gedicht gewidmet. Es schildert in expressionistischer Übersteigerung eine Nachtfahrt durch die geradezu unterweltlich gesehenen östlichen Industrieviertel, bis plötzlich jenseits des Stromes die Lichterfront der Innenstadt erscheint. Und es endet mit einem weiten Blick stromabwärts, der jenseits der dunklen Stadtgrenzen schon das ferne Meer ahnt. Es ist wie ein langer Anlauf auf ein Wunder zu:

FAHRT ÜBER DIE KÖLNER RHEINBRÜCKE BEI NACHT

Der Schnellzug tastet sich und stößt die Dunkelheit entlang.
Kein Stern will vor. Die ganze Welt ist nur ein enger, nachtumschienter Minengang,
Darein zuweilen Förderstellen blauen Lichtes jähe Horizonte reißen: Feuerkreis
Von Kugellampen, Dächern, Schloten, dampfend, strömend ... nur sekundenweis ...
Und wieder alles schwarz. Als führen wir ins Eingeweid der Nacht zur Schicht.
Nun taumeln Lichter her ... verirrt, trostlos vereinsamt ... mehr ... und sammeln sich ... und werden dicht.
Gerippe grauer Häuserfronten liegen bloß, im Zwielicht bleichend, tot – etwas muß kommen ... o, ich fühl es schwer
Im Hirn. Eine Beklemmung singt im Blut. Dann dröhnt der Boden plötzlich wie ein Meer:
Wir fliegen, aufgehoben, königlich durch nachtentrissene Luft, hoch übern Strom. O Biegung der Millionen Lichter, stumme Wacht,
Von deren blitzender Parade schwer die Wasser abwärts rollen. Endloses Spalier, zum Gruß gestellt bei Nacht!
Wie Fackeln stürmend! Freudiges! Salut von Schiffen über blauer See! Bestirntes Fest!
Wimmelnd, mit hellen Augen hingedrängt! Bis wo die Stadt mit letzten Häusern ihren Gast entläßt.
Und dann die langen Einsamkeiten. Nackte Ufer. Stille. Nacht. Besinnung. Einkehr. Kommunion. Und Glut und Drang
Zum Letzten, Segnenden. Zum Zeugungsfest. Zur Wollust. Zum Gebet. Zum Meer. Zum Untergang.

Wenden wir uns ab von diesem Pathoshöhepunkt der Kölner Brückenszene und schauen drei Brücken weiter stromaufwärts zur Südbrücke, dem bescheideneren Zwilling der Hohenzollernbrücke, über die bei Tag und bei Nacht in dichter Folge die Güterzüge rollen. Die Brücke liegt in der Nähe meiner Wohnung und lädt mit ihren beiden Fußgängerstegen zu Spaziergängen auf die andere Rheinseite ein, wo im Sommer, an sonnigen Wochenenden, die Sonnenbadenden auf den Poller Wiesen liegen und zu anderen Zeiten die Schafe weiden. Ich habe die

Schafe lange nicht mehr gesehen, seit streunende Hunde nachts in ihr Gehege eingebrochen sind und die Herde in den Rhein getrieben haben, wo die meisten Schafe ertrunken sind. Der unglückliche Hund, der am Bahndamm zur Brücke in einem Verschlag eingesperrt war und heulte wie ein verwirrter Geist, wenn man abends vorbeikam, kann wohl nicht unter den Übeltätern gewesen sein, so schlimm es auch in seinem Gemüt aussah. Er hätte sich aus seinem Gefängnis befreien und allein über die Brücke laufen müssen, und noch nie bin ich dort einem einsamen Hund begegnet.

Haben Hunde einen Instinkt, der sie vor der Enge und Exponiertheit dieses schmalen Steges warnt? Im Dunkeln gehe ich auch nicht gerne über die Südbrücke. Man steigt durch schwach beleuchtete Treppentürme, und dann merkt man, wie lang der Steg ist, denn die Brücke führt nicht nur über den Rhein, sondern auch über das breite rechtsrheinische Überschwemmungsgebiet, und vermutlich begegnet man nach Einbruch der Dunkelheit keinem Menschen mehr hier oben. Wenn aber doch eine Gestalt in der Ferne auftaucht, scheint der Raum zwischen Bahnkörper und Brückengeländer sehr eng zu werden, und das schwarze Wasser, das unten gegen den Pfeiler rauscht, kommt einem tief und reißend vor. Umkehren also? Weitergehen? Die Lichter der Stadt glänzen weit weg, stromabwärts. Und wenn ein Zug kommt, ist es ein Containerzug oder es handelt sich um die rußigen, lorenähnlichen Waggons für schweres Schüttgut, abgesehen vom Lokführer nur eine gewaltige Masse toter Materie, die die Brücke schwingen und beben läßt und Waggon für Waggon mit einem betäubenden Stoßen und Schmettern vorbeifährt. In diesem Lärm wird das Verbrechen geschehen, der trotz allem unvermutete Angriff, der verzweifelte Kampf, der Sturz über das Geländer ins Dunkel, der ungehörte, unhörbare Schrei.

Die Südbrücke ist trotz und wegen der Hitchcockphantasien, die sie bei mir hervorruft, meine Lieblingsbrücke. Ich stehe oft hier oben, besonders gerne im Vorfrühling, nach der Schneeschmelze, wenn der Rhein viel Wasser führt und seine dunkelbraunen, lehmigen Fluten reißend an den Pfeilern vorbeiströmen. Von hier oben sieht das Wasser wie eine riesige braune Rauchwolke aus, wie ein unübersehbarer Flächenbrand unter einer dünnen Haut aus Glas. Man kann den Fluß riechen. Es ist ein schwer zu beschreibender, zusammengesetzter Geruch aus Regen, Moder und Chemie. Im Sommer verdickt sich dieser Geruch, verliert seine Frische. Ein Bekannter, den ich am Ufer traf, sagte mir mit dem bedenklichen Gesicht eines Arztes, der einem Angehörigen des Patienten ein schlimmes Symptom mitteilt: »Der Rhein riecht schon wieder nach Sellerie.« Manchmal riecht der Fluß auch nach Krankenzimmer und Arzneimittel, und man fragt sich, wer ihm das verordnet hat. Im roten Sandstein der Brückentürme ist Vater Rhein noch als kerniger Flußgott zu sehen, ein kräftiges, sinnliches und ein wenig törichtes Männergesicht im mittleren Alter, umflossen von langen, hippiehaften, ringeligen Haaren. Man traut ihm zumindest die Überschwemmung der Poller Wiesen zu. Vielleicht platscht er dort nachts mit den Rheintöchtern im Flachwasser herum oder ruht in Flußgotthaltung, umgeben von Möwen und Enten, auf einer der Grasinseln, die allmählich aus dem abfließenden Wasser wieder auftauchen.

Es hat vor einigen Jahren eine Zeit gegeben – zwei oder drei Jahre lang –, in der die Südbrücke saniert wurde. Die Gleiskörper wurden erneuert, und das ganze Tragwerk wurde entrostet und neu gestrichen, eine ungeheure Arbeit. Unter einer geschlossenen Plane werden die Stahlträger mit Glasgranulat abgestrahlt und dann fünfmal gestrichen, der letzte Anstrich im berühmten Kölner Brückengrün, eine weithin sichtbare Farbe, beliebt auch bei

Schwimmbecken, um dem Wasser ein angenehmes südliches Aussehen zu geben. Die Brücken wirken in dieser Farbe leicht und weniger stählern. Sie gehören ja nicht nur der Erde an, auf der sie gegründet sind, sondern auch dem Wasser, das sie überspannen, und in den weiten Räumen zwischen ihren Pfeilern und mit ihren schwindelnd hohen Aufbauten erscheinen sie auch als ein Bestandteil der Luft.

Während die Südbrücke repariert wurde, wurden die Arbeiter durch Preßlufthupen vor den heranrollenden Zügen gewarnt. Das Warnsignal, eine Mischung von Hornstoß und Elefantenschrei, weitergegeben von Hupe zu Hupe, wanderte zur anderen Rheinseite hinüber und kam mit dem nächsten Zug von drüben zurück. Ich hörte es vor allem in den Nächten, in denen ich lange arbeitete oder wachlag. Das langsame Rollen des Zuges kam näher, und die Warnsignale liefen ihm voran wie Herolde, und so entstand für mich in der Dunkelheit ein akustisches Bild, eine Brücke in Blindenschrift. Wegen der hin und her wandernden Alarmsignale war das eine dramatische Imagination, die ein Gefühl für die Schwierigkeit des Übergangs in mir erzeugte und es mir erstaunlich erscheinen ließ, daß die Versorgung der Stadt, ihr In- und Output an materiellen Gütern Tag und Nacht in Gang blieb. Auf die Brücken war Verlaß. Ein guter Gedanke, um endlich einzuschlafen. Beruhigend zu wissen oder zu glauben, wenn die Traumflut kommt, daß man am Ufer des nächsten Tages erwachen wird.

Ein Besuch in »Hollymünd«

1989

Auf seinem Gelände in Bocklemünd, mit freundlicher Ironie auch »Hollymünd« genannt, läßt der Westdeutsche Rundfunk während der Sommermonate samstags und sonntags sein Publikum hinter die Kulissen schauen: wie man auf den überfüllten Parkplätzen sehen kann, ein Regionalereignis ersten Ranges. Die Besucher kommen aus dem ganzen Sendegebiet, um die Wirklichkeit hinter dem Schein zu entdecken, den sie täglich für die Wahrheit halten. Hier dürfen sie in die Trickkiste der Macher blicken. Sie sind die Person aus dem Publikum, die der Zauberer auf die Bühne bittet, damit sie ihm in die Karten guckt. Die Person, die den realistischen Sachverstand und die alltägliche Vernunft verkörpert, wird freilich nicht dahinter kommen, wie ihr der Zauberer die Spielkarten in die Brieftasche gezaubert hat und wieso ihr Papierblumen aus den Ohren wachsen, und so tritt sie – ein Novize der Schwarzen Kunst, der nicht einmal die niederen Weihen erlangen konnte – wieder von der Bühne ab.

Dies ist in Bocklemünd ganz anders. Hier gilt das Versprechen der Aufklärung, alles zu erklären und nichts zum Zwecke geheimnisvoller Dominanz in ein künstliches Dunkel zu hüllen. Die Karten, mit denen gespielt wird, liegen hier offen auf dem Tisch, und anstelle der immer überforderten Person aus dem Publikum, die den Zauberer kontrollieren soll, wird gleich das ganze Publikum auf die Bühne gebeten. Empfangen vom freundlichen Lächeln der Damen und Herren vom Besucherdienst, dürfen wir uns bald alle als Experten fühlen. Allerdings, wo Zauberei und Überrumpelung verpönt sind, muß man fromme Bescheidenheit mitbringen. Ohne die Kamera, die uns auf Distanz und in der richtigen Perspektive hält, sind die Tricks allenfalls illusionistische Hausmannskost.

Wir sind dem Hinweisschild »Aktionsstraße« gefolgt, aber was uns dort erwartet, das ist nicht die Sache selbst, sondern das sind die Begleitumstände. Nicht zum Beispiel der lange Abschiedskuß im Regen, der sich mit den heimlichen Tränen des weiblichen Stars mischt, nicht das Verbrechen im Nebel, in dem sich unheilvoll die drohende Silhouette des Täters materialisiert, nicht der Großbrand in der Straße mit der herbeieilenden Feuerwehr und dem Stuntman, der ins Sprungtuch plumpst, und auch nicht das Kind an der Hand seiner Großmutter im weihnachtlichen Schneegestöber, sondern künstlicher Regen aus der Sprühanlage, ein Nebelschwaden und ein Schneewirbel aus Seifenlauge, wie uns schnöderweise verraten wird, und die Flamme aus der Propangasflasche, die Sekunden lang an einer feuerfesten Fassade hochschlägt. Die Besucher wahren bei diesen Vorführungen die undurchsichtige Neutralität von Geschworenen bei einer Tatortbesichtigung. Kein Kommentar, sagen ihre Mienen, wenn sie zurückgehen und der nächsten Gruppe den Weg freimachen. Schnell zerstreuen sie sich mit der verlegenen Unauffälligkeit von Leuten, die alle denselben Trostpreis in der Tasche haben.

Auch vor der drehbaren Trommel mit dem aufgemalten Landschaftspanorama, dessen langsames Vorbeigleiten ein im Studio stehendes Auto optisch in Bewegung versetzt, hört man niemanden »Aha« sagen. Jeder hat das schon besser im Bahnhof erlebt, wenn der eigene Zug leise und vielversprechend anrollt, bis man mit einem kleinen Erkenntnisschock erkennt, daß nur der Zug auf dem Nachbargleis in Gegenrichtung aus dem Bahnhof fährt.

Immerhin stellt die drehbare Trommel mit dem aufgemalten

Landschaftspanorama ein Modell einer bewegten Unendlichkeit dar, mit dem sich etwas anfangen läßt. Ein kleiner Film fällt mir dazu ein, bei dem Produktionskosten und Ideengehalt in einem ausgewogenen Verhältnis stehen. Im Auto sitzt ein Liebespaar und verspricht sich die ewige irdische Seligkeit, und zur Bekräftigung ziehen im Hintergrund die immergleichen Felder und Hügel vorbei. Sie schließt verträumt die Augen und schlägt sie wieder auf. »Liebst du mich immer noch?« fragte sie. Er antwortet im ewigen Leichtsinn des großen Liebesschwurs, nichts habe sich geändert, und nichts werde sich ändern. Felder und Hügel im Hintergrund geben ihm recht. »Mußt du nicht tanken?« fragte sie nach einer Weile. »Nein«, antwortet er, »wir stehen ja.« Zum Beweis nimmt er die Hände vom Lenkrad und umarmt sie. In diesem Moment prallen sie gegen einen Baum, der aus der Kulisse auf sie zurollt. Das Panorama steht still, der Baum knickt um wie eine überzüchtete Blume und verdeckt die beiden, die sich nicht stören lassen.

Der Film ist leider noch nicht gedreht worden. Vielleicht sollte ich es einmal bei Langnese versuchen. Am Filmende hätte der Eisverkäufer einen spektakulären Auftritt, denke ich. Aber hier in Hollymünd gibt es ja Belehrungen von vergleichbarer Erkenntnistiefe. Zum Beispiel im sogenannten »Garten der Wunder« eine Bühne mit zwei torähnlichen Öffnungen für den Auftritt der Personen, ähnlich wie bei einer Kuckucksuhr. Die Tore sind verschieden groß und verschieden weit vom Betrachter entfernt, doch wegen des gleichmäßig schwarzen Hintergrundes sind diese Unterschiede nicht zu erkennen. So nimmt unser Gehirn sie als einheitliches Vergleichsmaß, um die Größe der Personen abzuschätzen, die sich in ihnen zeigen. Wir glauben die Welt bloß zu sehen, aber wir konstruieren und taxieren sie zu den üblichen Bedingungen und Erfahrungswerten. Ausgeklügelte Täuschungsmanöver wie diese Bühne sind dabei nicht vorgesehen. Wir sind eben Gewohnheitstiere, und meistens haben wir auch Erfolg mit unseren Routinen. Wenn es mal nicht klappt, sind wir schon fast bereit, an Zauberei zu glauben.

Zum Beispiel jetzt, als ein Mann und eine Frau, beide fast gleich groß, hinter der Bühne verschwinden und Sekunden später gegensätzlich verwandelt in den beiden Toren erscheinen. Der Mann im linken Tor ist ein Riese geworden, die Frau im Tor rechts ist zu einer kleinen, untersetzten Person geschrumpft und hat dabei sehr an Eleganz verloren. Beide lächeln sie vermutlich auf dieselbe verlegene Weise, weil sie das Erstaunen des Publikums bemerken. Doch wirkt das bei dem Mann selbstzufrieden, während ihr Lächeln zaghaft und schüchtern wirkt, als wolle sie sagen: Verzeihen Sie bitte, ich bin heute etwas klein geraten. Dann verschwinden beide hinter der Bühne, und in wenigen Sekunden findet ein Machtwechsel statt oder ein unheimliches Exempel ausgleichender Gerechtigkeit. Links zeigt sich nun eine übermächtige Riesin und rechts der kleine, zusammengestauchte Mann, der trotz seines Lächelns seine völlige Niederlage nicht verleugnen kann. Ja, so vergeht der Ruhm der Welt. Er wußte wohl nicht, worin er einwilligte, als die Frau zum ihm sagte: »Laß mich mal an deine Stelle.«

Später sehe ich die beiden beim Trickfotografen. Der projiziert mit einer neuen Stanztechnik ihre Köpfe in eine Schlafzimmerdekoration, wo sie in einträchtiger Einfalt unter einer Bettdecke hervorschauen. Das können sie als Farbbild mit nach Hause nehmen und ihren Freunden zeigen. Es darf gelacht werden, auch wenn niemand weiß warum. Fast wie echt sehen die beiden unter der großen blauen Decke aus, wenn sie bloß nicht so grinsen würden wie unentrinnbar Verheiratete bei einem gespielten Ehebruch.

Die Leute in der Lindenstraßendekoration wissen dagegen nicht, wie gut sie zur Kulisse passen. Müde gelaufen sitzen sie an den Tischen vor dem Café Bayer, das nur eine illusionistisch bemalte Schallschutzwand ist, hinter der man gleich wieder ins Freie gelangt. Sie sind alle sie selbst, völlig natürlich oder unheimlich echt, aber der Realismus der Dekoration hat sie unversehens annektiert und zu einem Haufen von Komparsen gemacht, die in attrappenhafter Wirklichkeitstreue auf die nächste Anweisung des Regisseurs warten.

Es wäre schade, wenn jetzt die Handlung begänne. So sind sie erstaunliche Imitationen ihrer selbst, perfekt kostümiert und durch die Kulisse wie durch unsichtbare Anführungszeichen so nachdrücklich in Szene gesetzt, daß mir Daniel Paul Schreber einfällt, der Sohn des Erfinders des Schrebergartens und Autor des Buches »Denkwürdigkeiten eines Nervenkranken«, der viele Menschen und Gegenstände für »flüchtig hingemachte« Täuschungen gehalten hat. »Die Menschengestalten«, so schrieb er, »die ich während der Fahrt und auf dem Bahnhof in Dresden sah, hielt ich für hingewunderte ›flüchtig hingemachte‹ Männer. Ich wandte ihnen keine besondere Aufmerksamkeit zu, da ich schon damals aller Wunder überdrüssig war.«

Hier in der Lindenstraße fühle ich mich versucht, mich Schrebers Verdacht anzuschließen. Daß wir alle »flüchtig hingewunderte« Imitationen sind, erscheint mir scharfsinniger als der Gedanke, den ich in dem Gesicht der Frau lese, die die echten Sonderangebotslisten des falschen Supermarktes studiert. Vermutlich denkt sie gerade, daß man hier günstiger einkaufen kann als bei ihrem Kaufmann zu Hause. Einen Augenblick lang, während sie liest, daß die Streichwurst 40% Fettanteile hat, ist sie zu einem Hausfrauendenkmal erstarrt, so echt oder so falsch wie die Sonderangebote. Wegen des Verdachts, sie könne wieder zum Leben erwachen, scheut man sich, sie anzufassen, aber zehn Sekunden später wird man es unbedingt tun. Glücklicherweise hat sie sich jetzt bewegt.

Denn der höfliche junge Mann, der uns durch die Lindenstraßendekoration führt, öffnet eine der Haustüren, um zu zeigen, was dahinter ist – nämlich fast nichts. Etwa einen Meter weit ist der Boden noch gefliest. Dann ist Schluß mit der Illusion, und der Schnitt muß erfolgen. Die Dreharbeit geht in den Ateliers mit den Innendekorationen weiter, wo der Blick nie an die Decke schweift, weil dort die Scheinwerfer hängen. Wir aber stehen im Grünen, wo jeweils drei, vier Schritte voneinander entfernt ein Kinderspielplatz mit einer Rutschbahn, eine Parkbank und eine Grabstätte auf einschlägige Szenen warten. Das Leben als Kurzformel. Ich zögere zu sagen, daß das eine Täuschung sei.

Wir sehen uns noch den künstlichen Baum mit den auswechselbaren Zweigen für alle Jahreszeiten an, der im Vorgarten des Restaurants »Akropolis« steht. (Welcher Name fällt Ihnen zuerst ein, wenn Sie an Griechenland denken?) Im Augenblick trägt der Baum Sommerbelaubung. Der Kies im Vorgarten ist echt, der Holzzaun besteht aus Kunststoff und sieht echt verwittert aus. Sind die Regenspuren an den Fassaden eine spätere Zutat der Natur oder eine besondere Feinheit der Fassadenmaler? Die Serie läuft schon jahrelang, und so gibt es doch verschwiegene Alterungsprozesse: zum Beispiel entsprechen die Autos, die in der Lindenstraße parken, nicht mehr ganz dem aktuellen Stand der Motorisierung, wie es in der Zeitschrift des ADAC mit diskretem Tadel heißen würde. Keine Katalysatorwagen dabei. Das Laub der zweifellos echten Linden ist trotzdem nicht so braun und bröselig wie das der Linden in der Stadt, denn was man hier sieht, ist ruhender Verkehr oder verkehrte Ruhe, ganz, wie man es nimmt.

Warum bin ich so ungeduldig, wegzukommen aus dieser Straßenkulisse? Kann es sein, daß ich erste Anzeichen einer Mangelkrankheit habe, verursacht durch naturechte Ersatznahrung? Eine Weile kann man vielleicht damit überleben, daß man überall das zu sehen bekommt, was man erwartet, aber dann, das ahne ich, wird man plötzlich in eines dieser geparkten Autos stürzen, es kurzschließen und durch eine der unheimlich echten Fassaden hindurch ins Freie brummen. Aber vermutlich wäre kein Benzin im Tank: amtliche Feuerschutzverordnung, genauso wie in der Aktionsstraße. Wäre ja noch schöner, wenn man die idyllische Normalität der Lindenstraße von Amokläufern beschädigen ließe.

Aber wäre das nicht ein schöner Abschluß der Serie, wenn das ganze Team durch die Kulissen davonsauste und zum Schluß die Straße in Brand geriete? Das neurotische Potential steckt ja in den Bewohnern dieser friedlichen Straße. Damit ließe sich einiges anstellen. Vermutlich wird der Sender wieder Bedenken haben. Ich notiere mir also auch diese Idee für die Werbeagentur von Langnese.

Die Lindenstraße ist der Hit von Hollymünd. Sie paßt der Seele der meisten Besucher wie gut geschnittene Konfektion. Hineinschlüpfen und sich wohlfühlen. Zum Schluß holt man sich von irgendeinem diensttuenden Schauspieler noch ein Autogramm. Else Kling, die heute Autogrammdienst hat, soll als Privatmensch gar nicht so unsympathisch sein, verkündet der Programmhinweis. Ich habe sie in meinem Film allerdings als Brandstifterin vorgesehen.

In den Werkstätten wird es dann fachlich-sachlich. Man bekommt gezeigt, daß nicht alles Gold ist, was glänzt, nicht einmal in den fürstlichen Gemächern der Kostümfilme. Auch wer es lieber nicht wissen will, wird unerbittlich aufgeklärt. Da gehen wir doch lieber zu Herbert Labusga, »Bildhauer und Maler und einer der schnellsten Schnitzer der Welt«, wie der Programmzettel sagt, und schauen ihm bei der Arbeit zu. Der Mann hat sich in Köln volkstümlichen Ruhm erworben, als er in einer nächtlichen Blitzaktion die seit Kriegsende bis auf den Pferdehintern abhandengekommene Reiterstatue von König Friedrich Wilhelm III., nachgebildet in Styropor und mit Bronzefarbe gestrichen, wieder auf den verwaisten Denkmalsockel am Heumarkt stellte und damit gegen ideologische und haushälterische Bedenken dem Volksbegehren einen weithin sichtbaren Ausdruck verschaffte. Die utopische Dimension der Tat ist aber darin zu sehen, den Beweis erbracht zu haben, daß dank dieser neuen Billigtechnik in Zukunft jeder Kölner Bürger ein Denkmal erhalten kann. Im Hollymünder Malersaal scheint sich Herbert Labusga auf diese Aufgabe vorzubereiten. So hat er einen fünf Meter hohen Tatortkommissar Schimanski aus Styropor geschnitzt. Ich habe ihn nicht gefragt, warum. Man soll das Wunderbare auf sich beruhen lassen.

Statt dessen bin ich ins Magazin gegangen, wo in endlosen Stellagen die Bausteine der Attrappenwelt lagern: Möbel aller Art und Stile, Hunderte von Türen, alte Fernsehgeräte und uralte Radios, alte Telefone von altdamenhafter Geziertheit, respektgebietende Registrierkassen, Koffer, Kaminimitationen und Geldschränke, echte und imitierte, Bierhumpen und Sammeltassen, Bestecke und Geschirr, Kostüme und originale Telefonzellen verschiedener Nationen und auch flüchtig imitierte, soll ich sagen, »hingewunderte« Gemälde der verschiedensten Epochen und Stilrichtungen: Der Schwerpunkt liegt auf modern und gegenstandslos, weil bekanntlich jeder denkt, daß er das auch kann, und die Kulissenmaler nehmen wohl gerne die Gelegenheit wahr, es den Kollegen Künstlern zu beweisen.

Nachdem wir lange durch die Gänge dieser unterweltlichen Deponie unbrauchbarer Gebrauchsgegenstände gewandert sind, bleiben wir vor einigen Särgen stehen. In einem liegt eine schwarze Mumie, bandagiert und ledrig vertrocknet, wie es sich gehört. Ich habe die Vision, vor der toten Erbtante zu stehen, die mir den ganzen Plunder hinterlassen hat. Nichts wie raus! Wieder im Freien, frage ich mich, ob die Wolken über dem Gelände echt sind. Es fällt aber kein Kunstregen.

St. Aposteln vom Neumarkt aus gesehen

Richmodis und die Heinzelmännchen

1989

Von den Sagen und Märchen, die meine Kindheit begleitet haben, spielten zwei in Köln und waren dort durch steinerne Zeugnisse – die Pferdeköpfe am Richmodisturm und den Heinzelmännchenbrunnen – anschaulich beglaubigt. Mein Vater zeigte mir das bei einem Kölnbesuch. So verschieden die beiden Geschichten auch waren, beide erzählten sie von Vorkommnissen und Erscheinungen an den durchlässigen Grenzen der menschlichen Alltagswelt. Und so fest waren die sogenannten Realitäten noch nicht geworden, als daß phantastische Geschichten sie nicht mehr ins Wanken brachten.

Die Pferde im Turm

Das Wunderbare war mit dem Schrecken verbunden und wurde fast ganz davon verschlungen. Grabesluft wehte einem entgegen, unerhörte Dinge geschahen. Eine Tote kehrte vom Friedhof heim. Pferde brachen aus ihrem Stall aus und stiegen eine steile Turmtreppe hoch. »Dort oben«, sagte mein Vater. »Schau hinauf.« Zwei weiße Pferdeköpfe blickten aus dem obersten Turmgeschoß auf die Straße herab. Zwar waren es keine lebendigen Pferde, aber sie waren einmal so lebendig gewesen, daß man ihrer Starrheit mißtraute.

Die Geschichte, die mein Vater mir erzählt hatte, spielte im Mittelalter und zwar im Jahre 1349, als in Köln die Pest wütete. Täglich starben über hundert Menschen an der Seuche und wurden auf Anordnung des Rates der Stadt aus Angst vor Anstekkung sofort zum Friedhof gekarrt und begraben. Auch Richmodis, die junge Frau des Stadtrates Mengis von Aducht, dem das Haus Zum Papageien am Neumarkt gehörte, war in Eile auf dem Friedhof von St. Aposteln begraben worden. Dem Totengräber und seinem Gehilfen war dabei der kostbare Schmuck aufgefallen, den Herr von Aducht seiner toten Frau gelassen hatte. So gruben sie in der Nacht den Sarg wieder aus, um sich den Schmuck anzueignen. Aber als sie der Toten einen Ring vom Finger streifen wollten, sahen sie mit Entsetzen, wie sie die Augen aufschlug, und liefen schreiend davon. Im Leichenhemd ging Richmodis zum Haus zurück und verlangte Einlaß. Der Türknecht hielt sie jedoch für ein Gespenst. Und auch Herr von Aducht, der von seinem Turm herunterblickte, um nachzusehen, wer dort läutete, muß dasselbe gedacht haben, denn er antwortete der rufenden Richmodis: »Eher stehen meine beiden Pferde auf dem Turm als Richmodis vor der Tür.« Kaum hatte er diese Worte ausgesprochen, hörte er auf der Treppe ein schweres Poltern, und die aufgeregten Stimmen des Gesindes riefen, die beiden Schimmel seien aus dem Stall ausgebrochen und stiegen die Turmtreppe hoch. Und da kamen sie auch schon unaufhaltsam und unwiderlegbar zur Bodentür herein und streckten ihre Köpfe zum Fenster hinaus, so wie man sie heute noch sehen kann.

Wie alle Wundergeschichten endete auch diese tröstlich. Richmodis wurde wieder ins Haus aufgenommen, gesundete und gebar ihrem Mann drei Söhne, die alle drei Priester wurden. Für die Stiftskirche St. Aposteln stiftete sie ein selbstgesponnenes und gewebtes Tuch, das immer in der Fastenzeit über dem Altar lag.

Dieses fromme Nachspiel interessierte mich nicht mehr, wohl aber die Einbettung der unheimlichen Geschichte in sichtbare Wirklichkeiten. Es gab den Turm mit den beiden Pferdeköpfen

Pferdeköpfe im Richmodisturm, Richmodstraße

(ich wußte ja nicht, daß es nicht der originale Turm war), und es gab die Kirche St. Aposteln. Der Friedhof war nicht mehr vorhanden. Aber man konnte den Weg nachgehen, den Richmodis in der Nacht zurückgelegt hatte. Es war nicht sehr weit gewesen bis zu ihrem Haus. Vielleicht konnte auch eine schwerkranke, erschöpfte Frau unter Aufbietung aller ihrer Kräfte so weit gekommen sein. Ich konnte mir das alles freilich nicht mitten im Zentrum einer modernen Stadt vorstellen. Nur die Pferdeköpfe oben im Turm vermochten etwas gegen diese Alltäglichkeiten und halfen mir, an das Unheimliche und Wunderbare zu glauben. Alles andere kam erst später durch Bücher und Filme hinzu. Sie vermittelten mir das Bild einer mittelalterlichen Stadt, in der schwarze Warnkreuze an den Türen die Häuser bezeichneten, in denen Menschen an der Pest erkrankt waren. Durch die Gassen karrten schwarz vermummte Totengräber die Gestorbenen zum Friedhof. Mit Klappern und Schnarren warnten sie die Leute vor dem gefährlichen Transport. Dauernd wurden neue Gräber ausgehoben, immer wieder ertönte das Totengeläut. Es war verständlich, daß man sich in den Häusern verschanzte und die nächtlichen Gassen menschenleer waren. Richmodis wird niemandem begegnet sein auf ihrem Weg nach Hause.

Ein durchschlagender Schrecken war es, als ich in einem Buch mit Abbildungen von Grünewalds Isenheimer Altar die Tafel mit den Dämonen sah, die den heiligen Antonius quälen, und darauf im Vordergrund den aufgeblähten, von eitrigen Geschwüren entstellten Leib eines Pestkranken entdeckte. Hatte Richmodis so ausgesehen, als sie vom Friedhof zurückkehrte? Dann mußte es ein grauenhafter Anblick gewesen sein, wie sie im Leichenhemd vor der Tür stand und mit dem Türklopfer oder der Glocke Einlaß verlangte. Nichts davon stand in den Sagenbüchern. Sie waren sparsam mit Details, fast so wie mein Vater, der die Geschichte auch nur in dürren Worten erzählt hatte. So blieb Richmodis für mich eine schöne Tote, wie beispielsweise die berühmte »Unbekannte aus der Seine«, von deren friedvoller Totenmaske ich mehrere Abbildungen gesehen hatte. Ja, ich stellte sie mir schön vor: jung, sanft und vor allem beschützenswert.

Aber das waren spätere Gedanken über Richmodis, schwärmerisch verliebte. Zunächst einmal war sie für mich die weiße Frau, die nachts mit starren Augen schweigend am Bett steht und einen kalten Todeshauch verbreitet. Ich kannte sie aus frühen Alpträumen. Man war nahe daran zu sterben, wenn man sie sah. Und man konnte nicht davonlaufen und um Hilfe rufen wie die Totengräber von St. Aposteln und der Hausknecht des Herrn von Aducht. Ich verstand dieses Entsetzen, ich kannte es. Die Frau im Leichenhemd kam von drüben, aus der Nacht, und konnte einen mit hinübernehmen.

Obwohl meine Eltern mir versicherten, es gäbe keine Gespenster, war die weiße Frau in der Geschichte von Richmodis wieder aufgetaucht. Und alle, die Richmodis sahen, hielten sie ganz selbstverständlich für ein Gespenst. Die Geschichte bot allerdings eine andere Erklärung für die wunderbare Rückkehr der Richmodis an. Auch sie war erschreckend, erregte aber kein bodenloses Grauen, da sie die Realität nicht außer Kraft setzte. In einer mittelalterlichen Stadt, die von einer Pestepidemie heimgesucht wurde, war es nicht ausgeschlossen, daß Menschen, die noch am Leben waren, von einem hilflosen, erschöpften Arzt für tot erklärt und voreilig begraben wurden. Doch war das auch damals so unwahrscheinlich, daß niemand angesichts der vom Friedhof zurückgekehrten Richmodis auf eine solche Erklärung verfiel, sondern alle sie für ein Gespenst hielten.

Ein heutiger Kriminalkommissar, der auf keinen Fall bereit ist, an Gespenster zu glauben und es anderen Menschen auch nicht zugesteht, würde sich vielleicht zu Fragen genötigt sehen und mit systematischen Verhören des Ehemannes, des Arztes, des Gesindes und der Totengräber beginnen. Nach den Regeln des kriminellen Genres gerieten dabei alle in einen Erklärungsnotstand. Warum zum Beispiel wollte Herr von Aducht nicht an das glauben, was er sah? Müssen einem mißtrauischen Kriminalkommissar da nicht die bösen Verse von Wilhelm Busch ins Gedächtnis kommen?

»Heissa!« rufet Sauerbrot,
»heissa, meine Frau ist tot.«
Doch Frau Sauerbrot, die nur schein-
tot gewesen, tritt herein.
Starr vor Schreck wird Sauerbrot.
Und nun ist er selber tot.

Gespenster, so wird der psychoanalytisch aufgeklärte Kriminalkommissar denken, sind personalisierte Schuldgefühle, und deshalb lohnt es sich, bei solchen Schreck- und Abwehrreaktionen ein wenig nachzubohren.

Doch lassen wir den Kriminalkommissar mit seiner Psychologie weiter das Geheimnis umkreisen und nehmen wir im Sinne der alten Geschichte an, Herr von Aducht habe wirklich um Richmodis getrauert. Dann war sein Bannspruch, mit dem er die Möglichkeit ihrer Rückkehr aus dem Grab so heftig verneinte, weder ein Ausdruck von Schuldgefühl noch von Kleingläubigkeit, sondern ein verzweifelter Versuch, seinen Verstand zu retten. Lieber wollte er den Tod der geliebten Frau als unwiderrufliche Endgültigkeit anerkennen, als dem Sog des gespenstischen Bildes nur für einen Augenblick nachzugeben. Er kämpfte darum, nicht verrückt zu werden, als er rief: »Eher stehen meine Pferde auf dem Turmboden, als Richmodis vor der Tür!«

Da kam schon das Poltern der Pferdehufe die Turmtreppe hoch, ein Donnern, das keinen Einspruch der Vernunft mehr duldete. »Glaube! Glaube! Glaube!« sagte dieses Stampfen. Es war ein Machtspruch von finsterer Gewalt, der alle menschliche Erfahrung, auch die mühsam und schmerzlich erworbene Einsicht in die Endgültigkeit des Todes überrannte. Die Pferde gingen durch! Das hatte immer schon Panik bedeutet. Jetzt war es das Chaos eines Wunders, vor dem Vernunft und Lebenserfahrung sich beugen mußten. Wenn Pferde enge, gewundene Turmtreppen hochsteigen, können auch Tote aus dem Grab zurückkehren. Aber will man in einer solchen Welt leben?

»Dort oben! Schau hinauf!« Ich sah, der Aufforderung meines Vaters folgend, zu den beiden weißen Pferdeköpfen im Turmfenster hoch und fühlte mich verwirrt. Die Pferdeköpfe waren aus Stein, aber ich traute ihnen zu, daß sie jederzeit aus ihrer Erstarrung erwachen konnten. Es waren versteinerte Gespenster. Noch heute wirken sie auf mich wie ein Bild von Magritte. Mitten in die alltägliche Stadtszenerie blickt das Phantastische hinein und erzeugt ein leises Befremden, in dem ich die Schrecken der Kindheit wiedererkenne.

Eine ganz andere, entlegene Lesart der Richmodis-Sage will ich wenigstens noch erwähnen, obwohl die Erzähler der Legende sicher nicht an sie gedacht haben. Man kann die Rückkehr der Richmodis aus dem Grab auch als ein fernes Echo eines alten griechischen Fruchtbarkeitsmythos verstehen. Die Göttin Persephone, Tochter der Fruchtbarkeitsgöttin Demeter, mußte ein Drittel jeden Jahres bei ihrem Gatten Hades in der Unterwelt verbringen, um im Frühjahr, wenn die Saat sprießt und die Pferde des Sonnengottes ihren Wagen wieder höher und weiter über den Himmel ziehen, auf die Erde zurückzukehren. Das ist ein Sinnbild des fundamentalen Lebenswunders, von dem auch die Geschichte der ins Leben zurückkehrenden Richmodis noch zu zehren scheint. Denn als Antwort auf Todeszeiten wie der Pestepidemie bringt die menschliche Phantasie neue Bilder alter, ge-

genläufiger Gewißheiten hervor, wie auch diese, zwar von Gruftgeruch und Gespensterfurcht umwehte, dennoch wunderbare und triumphierende Rückkehr aus dem Grab.

Der Auszug der Erdgeister

Wie harmlos und gemütlich hört sich dagegen die Sage von den Kölner Heinzelmännchen an, die, irgendwann in vergangenen Zeiten, aus Arbeitswut oder Menschenfreundlichkeit während der Nacht die liegengebliebene Arbeit der Handwerker verrichteten und so dazu beitrugen, daß sich ein allgemeiner Schlendrian in der Stadt ausbreitete. August Kopisch, der die Sage in Form eines Gedichtes erzählt, das wegen seiner vielen Tätigkeitsverben ein beliebtes Vortragsstück wurde, hat diesen Zustand als ein Paradies der Faulenzer geschildert, so schon gleich in der ersten Strophe:

Wie war zu Köln es doch vordem
Mit Heinzelmännchen so bequem!
Denn war man faul – man legte sich
Hin auf die Bank und pflegte sich:
Da kamen bei Nacht,
Eh' man's gedacht,
Die Männlein und schwärmten
Und klappten und lärmten
Und rupften
Und zupften
Und hüpften und trabten
Und putzten und schabten,
Und eh' ein Faulpelz noch erwacht,
War all sein Tagewerk bereits gemacht!

Das wird in den nächsten Strophen am Beispiel der Zimmerleute, des Bäckers, des Fleischers, des Küfers und des Schneiders vorgeführt. Sie alle betranken sich und legten sich auf die faule Haut und die Hilfstruppe der Heinzelmännchen kam nachts in die Werkstätten und tat die Arbeit. Wenn die Faulenzer am nächsten Morgen erwachten, war der Dachstuhl des neuen Hauses errichtet, das frischgebackene Brot schon aus dem Ofen gezogen, im Fleischerladen hing die Wurst am Haken, der trinkfertige Wein füllte das Faß und der neue Staatsrock des Bürgermeisters war zum Anziehen bereit. Die Heinzelmännchen waren indessen verschwunden. Sie liebten das Dunkel der Nacht, arbeiteten immer im Verborgenen, sollen sogar Tarnkappen getragen haben.

Offenbar hat keiner der Handwerker den nächtlichen Betrieb in seiner Werkstatt als ein Problem empfunden. Alle haben sie sich schnell daran gewöhnt, in paradiesischer Sorglosigkeit in den Tag hinein zu leben und keine Fragen zu stellen. Die Klügeren unter ihnen ahnten vielleicht, daß unverdientes Glück schwindet, wenn man es nicht einfach hinnimmt. Nur die Frau des Schneiders war neugierig genug, der Sache auf den Grund zu gehen. Sie wollte wohl ihrem Mann in die Karten gucken, den sie als großen Faulenzer kannte, dem aber der geschäftliche Erfolg nicht abzusprechen war. Wie alle Leute in Köln hatte sie natürlich von den Heinzelmännchen gehört. Aber gesehen hatte sie noch niemand. Unübersehbar war nur der allgemeine Schlendrian. Und wenn wir zur Verschärfung der Situation annehmen, daß die nächtlichen Besucher der Frau noch nie in Haus und Küche geholfen hatten, sondern sich in hartnäckiger Voreingenommenheit nur für die liegengebliebene Arbeit ihres Mannes begeisterten, dann kommt zur Neugier auch noch berechtigter weiblicher Groll hinzu, um das Verhalten dieser Frau zu erklären, die das Paradies der Faulheit und der allgemeinen Schlafmützigkeit in Köln in wenigen Sekunden zerstört hat.

Die Frau des Schneiders war eine eigenwillige und erfinderische Person. Da sie die Heinzelmännchen nie zu sehen bekam, verfiel sie auf die Idee, ihnen eine Falle zu stellen. Sie streute Erbsen auf die Treppe, damit die kleinen Gnome darauf ausrutschten und sich verrieten, wenn sie nachts aus ihren Verstecken kamen. Das war nicht gerade die feine Art, mit dem Personal umzugehen, dem man seinen Wohlstand verdankte. Im Dunkel hat sie sich auf die Lauer gelegt, um mit ihrem billigen Trick den geheimnisvollen Zauber zu entlarven. Die Heinzelmännchen kamen »sacht«, wie es im Gedicht heißt, und die Behutsamkeit und die Heimlichkeit ihrer Annäherung verrät soviel ängstliche Vorsicht und Schutzbedürftigkeit, daß man das folgende nur bedauern kann:

Eins fährt nun aus
Schlägt hin im Haus,
Die gleiten von Stufen
Und plumpen in Kufen,
Die fallen
Mit Schallen,
Die lärmen und schreien
Und vermaledeien!
Sie springt hinunter auf den Schall
Mit Licht: husch, husch, husch, husch! – verschwinden all!

Aus der Zauber! Das ist die Strophe, die mich als Kind immer fasziniert hat. Die Wende im Leben der Stadtbürger kam ganz schnell: ein Gestolper und Gezeter auf der Treppe, die heranspringende Frau mit dem Licht, das huschende Verschwinden. Ende der paradiesischen Zeiten. Nie mehr sind die hilfreichen Geister aufgetaucht. Die Menschen waren nun auf sich gestellt und mußten leider erwachsen werden.

Nicht, daß ich das sehr bedauert hätte. Ich fand es sogar richtig. Diese Schnarcher und betrunkenen Nichtstuer hatten sowieso nicht meine Sympathie. Dagegen konnte ich den Wissensdurst der Frau des Schneiders gut verstehen. Ich hätte mich ja auch gefragt, wer da nachts meine Schulaufgaben machte. Später las ich bei Friedrich Schiller, der Sündenfall, der ja auch auf weibliche Neugier zurückging, sei das glücklichste Ereignis der menschlichen Kulturgeschichte gewesen. Dadurch seien die Menschen aus der Bewußtlosigkeit des Naturzustandes herausgetreten und erst in vollem Sinne menschlich geworden. Das stellte meine Vorbehalte gegen die faulenzenden Handwerker auf eine theoretische Basis. Die Menschen waren Kulturwesen, dazu bestimmt, eine eigene Welt hervorzubringen. Gemessen daran war es ein Abfall von sich selbst, wenn sie einfach ihrer Trägheit nachgaben und sich damit begnügten, ihren Wanst zu pflegen. Heute freilich, da amoklaufende menschliche Aktivität

Betrunkener Handwerker, Heinzelmännchen auf dem Weg zur Arbeit, Relief des Heinzelmännchenbrunnens von Edmund und Heinz Renard, 1899-1900

die Erde verwüstet hat, ist diese idealistische Anthropologie ins Wanken geraten. Sie träumte zwar auch vom wiederhergestellten Einklang mit der Natur, aber die entfesselte Industriezivilisation ist davon unbeeindruckt in Richtung Naturbeherrschung und Ausbeutung abgedampft.

Auch die Heinzelmännchen veränderten sich in der Stadt und zeigten starke neurotische Defizite. Sie verwandelten sich in arbeitswütige Perfektionisten, die nichts Unfertiges liegenlassen konnten. Ihr rastloser Eifer hatte sich von der geduldigen Regsamkeit der alten Erdgeister weit entfernt. Er machte die Nacht zum Tage und schien eher dem Ticken einer Stechuhr zu gehorchen, als den wachstümlichen Rhythmen der Natur. Das Kunstmärchen des Dichters August Kopisch hatte die Heinzelmännchen in die fremde städtische Umgebung versetzt, und dort wurde aus dem alten Bündnis der Menschen mit den Erdgeistern und ihren magischen Kräften eine ausbeuterische Klassengesellschaft, in der das Proletariat der nächtlichen Gnome für die menschlichen Besitzer der Produktionsmittel die Arbeit tat. Das liest sich wie ein Wunscherfüllungstraum für Leute, die selbst schwer arbeiten mußten, weil sie sich keine Hilfskräfte leisten konnten, schon gar nicht so vielseitige und unermüdliche wie die Heinzelmännchen, die außerdem, welch unausdenklicher Glücksfall, freiwillig und kostenlos die Arbeit der Menschen taten. Und doch war die Befreiung von der Arbeit durch die nächtlichen omnipotenten Helfer eine zwiespältige Utopie, der sich die meisten Leute nicht gewachsen zeigten. Sie mußte laut Kopisch mit Regression und moralischem Verfall bezahlt werden. Aus tüchtigen Handwerkern wurden Säufer und Langschläfer, wohlversorgte Verwahrloste, die alles schleifen und liegen ließen. Das hatte sich die Frau des Schneidermeisters wohl lange genug mit wachsender Wut angesehen.

Menschliche Trägheit und gnomenhafter Fleiß bilden in die-

Der Treppensturz der Heinzelmännchen, Brunnen (Detail)
von E. und H. Renard, 1899-1900

ser Geschichte eine brüchige Symbiose, der man von vorneherein nicht trauen konnte. Der Part der Menschen erscheint auf platte Weise verständlich, das Motiv ihrer freiwilligen nächtlichen Helfer wirkt dafür um so rätselhafter. Waren sie dumm? Konnten sie nicht anders? Wollten sie von den Menschen geliebt werden? Da sie keinerlei Belohnung erhielten, lag der Grund ihrer Emsigkeit offenbar allein in ihnen selber. Das muß ihre menschlichen Nutznießer veranlaßt haben, sie für kleine nützliche Idioten zu halten. Den Begriff der »workoholics« gab es noch nicht, aber genauso wurden die Heinzelmännchen von den faulenzenden Handwerkern, die laut Kopisch eher zu den echten Alkoholikern zu zählen waren, wohl eingeschätzt. Gut, wenn sie unbedingt schuften wollten, um so besser. Man ließ sie gewähren, aber man verstand sie nicht.

Der eigene Begriff der Arbeit stand dem im Wege, ein im Ursprung biblischer Begriff, der die Arbeit als einen Fluch verstand, der seit dem Sündenfall und der Vertreibung aus dem Paradies auf den Menschen lastete. »Im Schweiße deines Angesichts sollst du dein Brot essen.« Schwielen, Muskelschmerzen und krumme Rücken bildeten durch unendlich lange Generationenfolgen ein menschheitliches Trauma aus. Es hatte mit der Mühsal der ersten Feldarbeit begonnen und war in den von peitschenden Aufsehern bewachten und angetriebenen Sklavenheeren zu einer dumpf ertragenen täglichen Qual geworden, und noch der aus den Fabrikhallen des Industriezeitalters stammende Spruch »Wer die Arbeit kennt und sich nicht drückt, der ist verrückt«, weiß vom Fluch der Arbeit zu berichten. Es ist eine millionenfache, immer wiederholte Erfahrung, die im Unterbewußtsein der Menschheit tiefe Narben hinterlassen hat, weil sie durch keine Belohnung aufgewogen und durch kein ehrendes Gedächtnis nachträglich verklärt wurde. Die Leistungen und Leiden der zahllosen Menschen, deren Arbeit die großen kollektiven Schöpfungen der Kultur hervorgebracht hat, sind im Dunkel der Geschichtslosigkeit verschwunden. Das hat Bert Brecht zu seinem berühmten Gedicht »Fragen eines lesenden Arbeiters« veranlaßt, das mit einer überraschenden, weil kaum je gestellten Frage beginnt:

> Wer baute das siebentorige Theben?
> In den Büchern stehen die Namen von Königen.
> Haben die Könige die Felsbrocken herbeigeschleppt?

Nein, das waren natürlich die Namenlosen, die Kulis der Kultur. Von ihnen ist kaum eine Spur geblieben, denn die im Dunkeln sieht man nicht. Darin gleichen sie den Heinzelmännchen. Die zwergenhaften, emsigen Arbeiter im Dunkeln kann man als eine verzerrte Spiegelung menschlicher Erfahrungen verstehen, als ihre Verschiebung in einen nur noch menschenähnlichen Untergrund, wo das Krumme, Bucklige, Geduckte der eigenen Existenz zu lächerlichen Merkmalen minderer Lebewesen wurde, von denen man sich unterschied und die man belachen konnte.

Doch etwas stimmt nicht an dieser Vorstellung. Die Geschicklichkeit, der Eifer, die pure Funktionslust, mit der die zwergenhaften Nachtarbeiter am Werk waren, drückt ein ganz anderes Verhältnis zur Arbeit aus. In kunstfertiger Arbeit kann man sich persönlich ausdrücken und verwirklichen. Sie ist ein Medium der Selbstentfaltung und auch der schöpferischen Zusammenarbeit. Sie kann durchaus das Sinnzentrum eines Lebens sein. Etwas davon schimmert durch die nächtliche Manie der werkelnden Zwerge noch hindurch und läßt die Menschen, die die Arbeit nur als Übel und die Freizeit als deren leere Negation betrachteten, als kulturelle Absteiger erscheinen, verkommene Verfallsprodukte einer ehemals ganz anders gearteten selbstbewußten Handwerkerkultur. Ohne daß August Kopisch das im

Sinn gehabt hat, erscheint in der biedermeierlichen Szenerie des Gedichtes eine Struktur der industriellen Arbeitswelt, die sich zu seiner Zeit schon zu entwickeln begann. Arbeit und Freizeit wurden zu einander schroff entgegengesetzten Lebenssphären. Durch fortschreitende Arbeitsteilung und lückenhafte Mechanisierung verkam die Arbeit zur öden, geistlosen Repetition mechanischer Handgriffe. Sie rationalisierte die Arbeiter auf das Niveau primitiver Roboter herab. Als Reaktion darauf entstand die soziale Erfindung der Freizeit, in der man sich von der Arbeit erholte und in der möglichst nichts mehr an die Arbeit erinnern sollte. So fiel das Leben in einen Zweitakt auseinander, der in dem Gedicht von Kopisch als unüberbrückbare Spaltung und Entzweiung erscheint. Die Menschen konsumierten die Freizeit, und die Zwerge schufteten, und zwischen beiden Welten gab es keine Verständigung mehr.

Das war anders, als die Heinzelmännchen noch ländliche Erdgeister waren, die mit den Menschen in dauernder enger Gemeinschaft lebten. Sie halfen den Bauern das Feld bestellen, förderten das Wachstum der Pflanzen, das Reifen der Früchte, halfen bei Ernte und Geburt und wurden dafür durch freundliche Gaben belohnt. Sie waren auch tüchtige Handwerker, halfen den Schmieden und den Kesselflickern. Die Bergleute, die Minenarbeiter kannten die Erdgeister als die Hüter der unterirdischen Schätze. Sie waren ja besonders angewiesen auf die Hilfe der unterirdischen Geister, warben um ihre Gunst und fürchteten deren Tücke.

Überall, so berichten die Sagen, soll es die heimlichen Geister gegeben haben: im Bergischen Land, im Siebengebirge, wo Schneewittchen sich zu ihnen verirrte, im Siegerland, in der Eifel, am Niederrhein und auf dem flachen Land um Köln herum. Daß sie, wie das Gedicht von August Kopisch erzählt, dann auch in der Stadt gewohnt haben, müssen wir wohl auf die allgemeine Landflucht im 19. Jahrhundert zurückführen. Die treuen Gnome werden den in die Stadt ziehenden Menschen gefolgt sein. Und dort gab es zwischen den beiden Gruppen der alten, ländlichen, naturmagischen Sozietät bald keinen Austausch mehr. Keine Geschenke, keine Beschwörungen, keine gemeinsamen Feste. Die Menschen entzogen ihren alten Helfern die Aufmerksamkeit und die Anerkennung und schwächten so deren Existenz. Die kleinen treuen Erdgeister wurden darauf ein wenig verrückt und zwanghaft und verfielen in wilde Arbeitswut. Jemand mußte ja dafür sorgen, daß die Welt nicht aus den Fugen geriet. Aber wie das so zu sein pflegt: Wenn jede Bestätigung ausbleibt, leidet die Begeisterung auf die Dauer Schaden. Und als die erbsenstreuende Schneidersfrau die alte, unaufdringliche Behutsamkeit des Umgangs verletzte, die zwischen den Unterirdischen und den Menschen stets eine halbdunkle Respekts- und Höflichkeitsszone aufrechterhalten hatte, da muß den die Treppenstufen herunterpurzelnden Zwergen schmerzhaft klargeworden sein, woran sie inzwischen mit den Menschen waren.

Auf dem berühmten Kölner Heinzelmännchen-Brunnen von Heinrich und Edmund Renard aus dem Jahre 1899 ist in einer Treppenszene über der Brunnenschale in neuromantischer Bilderbuchmanier der Moment dargestellt, der den magischen Vertrag zwischen den Menschen und den Erdgeistern für immer zerriß. Oben steht die hübsche Schneiderin mit ihrem Licht und unten kullern die großköpfigen, zipfelbemützten Wichtelmänner übereinander und sehen nun schon so albern aus wie Gartenzwerge. Man sieht, sie sind entsetzt. Sie vertragen das Licht nicht, wirken darin wie plumpe Mißgestalten, die besser im Dunkeln geblieben wären. Das hätte man den empfindlichen kleinen Wesen mit den großen, sorgenvollen Köpfen nicht antun dürfen.

Eine tiefe Melancholie muß die Unterirdischen nach diesem Schock befallen haben, ähnlich, wie man es von manchen Naturvölkern gehört hat, die bei der Begegnung mit der modernen Zivilisation den Glauben an sich verloren, sich zurückzogen und zu sterben begannen. Auch die Heinzelmännchen verschwanden auf Nimmerwiedersehen. Wohin, weiß man nicht. Nach dem Anschlag der Schneidersfrau hörte man zwei Nächte lang nichts mehr von den kleinen Erdgeistern. In der dritten Nacht aber will ein Nachtwächter ein merkwürdiges Erlebnis gehabt haben. Wie gewohnt, machte er seinen Rundgang durch die dunklen, menschenleeren Straßen, als er plötzlich in der Markmannsgasse vom Heumarkt her eine leise, geheimnisvolle Musik hörte, die allmählich näher kam und dicht an ihm vorbeizog. Sehen konnte er niemanden, aber er hörte, wenn er lauschte, ein Gequäke von kleinen Stimmen und das Getrappel von Tausenden winziger Füße. Fast eine Stunde lang sei der unsichtbare Zug an ihm vorbeigezogen. Ein ganzes Volk von Zwergen machte sich davon und zog, begleitet von der leisen Musik, dank zauberischer Kräfte durch das geschlossene Markmannstor zum Rhein hinunter, wo es verschwand.

Das war der Exodus der Heinzelmännchen, die nirgendwo mehr aufgetaucht sind, auch nicht auf dem Lande. »O weh, nun sind sie alle fort«, beginnt die letzte Strophe des Gedichtes von Kopisch und es schließt mit der Klage: »Ach, daß es noch wie damals wär! Doch kommt die schöne Zeit nicht wieder her!«

Wie recht er damit hatte, ahnte er wohl noch nicht; denn die gründliche Vertreibung begann ja erst. Die Erde wurde von gigantischen Baggern und Bohrmaschinen aufgewühlt, von Chemikalien vergiftet und immer großflächiger zubetoniert. Kein Platz mehr für die Erdgeister. Nur noch ihre kichernden, infantilen Karikaturen – die Mainzelmännchen – geben sich als ihre Abkömmlinge aus und spekulieren auf unser Schmunzeln über ihr babyhaftes Ungeschick und ihre dümmlichen Albernheiten. Nichts mehr erinnert an die nervige Energie, das Geheimwissen und die Geschicklichkeit, die man den alten heimlichen Helfern der Menschen nachrühmte. Uns amüsiert an den Zwergenkarikaturen des elektronischen Zeitalters ihre tapsige Stummelhaftigkeit und kindliche Inkompetenz. Unsere omnipotenten Helfer – die Computer – haben ja auch nichts Menschliches mehr. Nicht zuletzt deshalb sind die Heinzelmännchen tot, als habe es sie nie gegeben.

Unter Taschenmacher mit Blick auf den Rathausturm

Fliegen, knien und schweben

Drei Gedenkstätten für die Toten der letzten Kriege
1989

Es gibt Denkmäler, ich möchte sie die autoritären nennen, die durch ihren Standort, ihre Anlage, ihr Pathos der Dominanz als gebaute Machtsprüche wirken und gefügige Ehrerbietung verlangen. Der fliegende Adler, auf dem hochgereckten Pfeiler über dem Fort I der alten Kölner Stadtbefestigung im ehemaligen Hindenburgpark und jetzigem Friedenspark gelegen, ist dafür ein Beispiel. Der kriegerische Vogel, aus Kanonen des Ersten Weltkriegs gegossen, beherrscht weithin sichtbar als ein exponiertes oberstes Symbol die Umgebung und scheint jederzeit zu neuem Beuteflug bereit. Als das Denkmal 1927, ein Jahr nach dem Abzug der englischen Besatzungstruppen, eingeweiht wurde, dauerte es auch nur noch zwölf Jahre, bis der Kriegsvogel von 1939 bis 1945 seinen zweiten, noch verheerenderen Flug unternahm.

Heute kann man die Bronzetafeln, die die ungeheueren Verluste der Kölner Garnison im Ersten Weltkrieg aufzählen, nur noch mit Schaudern lesen, und Inschriften wie »Die Treue ist das Mark der Ehre« und »Im Tode für die Freiheit wurden sie frei« erscheinen als hohltönende Phrasen. Auf der hohen gemauerten Stele im Mittelpunkt, die die Skulptur des fliegenden Adlers trägt, werden die Toten des Krieges in großzügigem Wortgebrauch allesamt als Helden bezeichnet. Aber selbst, wenn man bereit wäre, von allen individuellen Unterschieden zu abstrahieren und den Toten eine einheitliche Gesinnung und Haltung zu unterstellen, was kann Heldentum noch bedeuten, seit die moderne Waffentechnik den Krieg in eine flächendeckende Insektenvertilgung verwandelt hat?

»Wir brauchen keine Helden«, hat jemand auf die Stele geschrieben. Das möchte ich so pauschal nicht für alle Lebenssituationen gelten lassen. Doch der moderne technische Krieg degradiert alle Menschen, auch die Helden, zum Kanonenfutter. Ihre Tugenden – Tapferkeit und Tüchtigkeit – haben den Geschossen der Fernwaffen nichts entgegenzusetzen. Das ist eine grausame, tief demotivierende Ernüchterung für den menschlichen Narzißmus. Das menschliche Selbstgefühl baut sich gerne an Geschichten auf, in denen die Tugend und der Geist über die Materie triumphieren. Fast alle Kriegserzählungen, angefangen bei den ältesten Heldenmythen, haben deshalb die blutigen Erfahrungen, auch von Niederlage und Tod, nachträglich zu glorifizieren versucht. Selbst die desillusionierendsten Berichte über die Schlachten der beiden letzten Weltkriege enthalten, wenn auch meistens in absurder Perspektive, immer noch Restspuren der antidepressiven heroischen Stimulantien.

Das Ehrenmal im ehemaligen Hindenburgpark zeigt diese Tendenz noch mit dem Pathos der moralischen Überwindung von Niederlage und Massensterben. Das beweisen nicht nur die Inschriften, sondern vor allem auch die erhabene Position des Adlers, der den ungebrochenen kriegerischen Geist symbolisiert. Hoch oben auf der Stele ist er in die unanfechtbare Höhe der Idealität erhoben, wo er die Schrecken des Krieges, die die Zahlen auf den Gedenktafeln trotz aller Sprüche dokumentieren, trotzig und ungebrochen überfliegen kann.

Aber Symbole können sich überanstrengen. Um sie herum ändert sich die Welt, und auf einmal stehen sie ohne Rückhalt da: Zeichen, die nichts mehr verbürgen, Bühnenbauten eines Stückes, das vom historischen Spielplan gestrichen wurde. Die weiträumige Denkmalanlage, eingebettet in den kleinteiligen, intimen Park mit seinen Spaziergängern und Bocciaspielern, ist seit 1970 als Platz für Heldengedenkfeiern außer Gebrauch. Sie wäre ein viel zu anspruchsvoller Rahmen für ein routinemäßig abgefeiertes Ritual und verlangte mehr Überzeugungskraft, als sich noch aufbringen ließe. Gegensätzlich genug hat sich die Umgebung des Denkmals verändert. Im Innenhof des alten Forts hat sich ein Bauspielplatz für Kinder angesiedelt und an seinen Bruchsteinmauern haben Hobbykletterer ihre Routen markiert. Der Adler hat vorübergehend seinen Hochsitz verlassen müssen, weil er restauriert wird, und die ganze Anlage, leicht verwahrlost und nur unentschlossen und notdürftig vor dem Verfall bewahrt, ist eine Art verwunschener Ort geworden, der vom Leben umgangen wird und aus dem sich der Sinn verflüchtigt hat. Denkmäler, die historisch altern, verlieren ihre gebieterische, eindeutige Sprache und scheinen wie abständige alte

Kirchenruine Alt St. Alban mit Trauerndem Elternpaar von Käthe Kollwitz, in der Bearbeitung von Ewald Mataré

Leute vor sich hin zu brabbeln. Niemand kommt, um sie zu besuchen, niemand hört ihnen mehr zu. »Sie suchten die Sonne«, steht auf der Gedenktafel der abgestürzten Kriegsflieger, ein Satz, der unverständlich geworden ist, wenn man nicht weiß, daß die Flieger beim Luftkampf »aus der Sonne« auf den geblendeten Gegner herabzustoßen versuchten. Aber das sind alte Geschichten, und bald wird das alles so fremd und sagenhaft klingen wie die Kampftechniken längst vergangener Jahrhunderte.

Zerschlagene Bierflaschen liegen hier oben herum. Dies ist kein schlechter Ort für einen Rausch in der Sommernacht. Man kann zur Südbrücke und zum Rhein hinübersehen und in die bauschigen Kronen der Parkbäume. Es ist friedlich hier. Die heroische Atmosphäre hat sich verflüchtigt und einen unbestimmten Ort hinterlassen, der offen für Träume ist, doch kaum für kriegerische. Vielleicht könnte im Mondlicht der nach Vergeltung rufende Geist von Hamlets Vater hier in der alten Festung erscheinen, dem ein moderner Regisseur die Uniform eines Generals aus dem Ersten Weltkrieg angezogen hat. Er trägt ein Monokel, und wie auf einigen Gedenktafeln sind rote Flecken auf seiner Uniform. »Machen Sie Meldung«, schnarrt er. Und wir antworten: »Keine besonderen Vorkommnisse« und bieten ihm ein Kölsch an. Aber er ist schon wieder dahingeschwunden, wie ein Nebel über den flandrischen Feldern, alle längst in der EWG. Bald wird zwar wieder der Adler mit ausgebreiteten Schwingen auf seiner Stele sitzen, aber er wird ein Beispiel spätexpressionistischer Tierplastik sein. Alles wechselt hier seine Bedeutungen, weil es nur noch Zitate sind, leichtes, unbeständiges Gewölk am Nachthimmel. Geschichte, das ist das Zerbröckeln des Sinns. Nirgendwo spürt man es so deutlich wie bei den Denkmälern vergangener Kriege.

Ganz anders ergeht es mir mit zwei Gedenkstätten, die mitten im Trubel der nach dem Krieg fast neuerbauten Innenstadt, ich will nicht sagen, versteckt sind, aber doch aus dem Betrieb ausgegrenzte, von ihrer eigenen Aura umschlossene Enklaven der Ruhe und der Meditation bilden. Das Leben der umgebenden Geschäftsstraßen strömt an ihnen vorbei, und glücklicherweise werden sie trotz ihrer zentralen Lage auch vom üblichen Sightseeing-Tourismus kaum heimgesucht. Die Kirchenruine Alt St. Alban beim Gürzenich, in deren Chor unter offenem Himmel die Steinskulpturen des Trauernden Elternpaares von Käthe Kollwitz knien, ist der eine Ort. Nicht weit davon entfernt, in der Schildergasse, hängt im nördlichen Seitenchor der kleinen Antoniterkirche, wie eine spirituelle Antwort auf die irdische Schwere des Kollwitz-Denkmals, Ernst Barlachs Schwebender Engel des Todes. Er ist die Oberstimme des Doppelklangs, der in seiner physisch unhörbaren Vernehmlichkeit in der Stadt widertönt, sobald man sich erinnert, wie die Stadt aussah, als der Krieg zu Ende ging.

Meistens kann man eine Weile allein sein mit den Bildwerken und den Räumen, von denen sie umschlossen sind. Und im Unterschied zu den Appellen, fordernden Posen und Sprüchen traditioneller Kriegsdenkmäler herrscht hier tiefes Schweigen. Man fühlt sich nicht vereinnahmt, sondern wird auf sich selbst verwiesen, denn die abweisende Strenge und Introvertiertheit der Bildwerke läßt einen spüren, daß es nichts Tröstendes oder gar Erhebendes zu sagen gibt. Jedenfalls nicht mit dem Pathos der Überwindung, das schon eine Form des Vergessens wäre. Diese Gedenkstätten wollen die Wunden nicht heilen, sondern offen halten. Sie sind Orte der Trauer, Zellen schweigender Bewußtheit, mitten in der Gegenwart des alltäglichen Lebens, das ringsum wie eh und je – wie könnte es auch sonst weitergehen – mit sich selbst beschäftigt ist.

Beide Gedenkstätten sind eindrucksvolle Belege dafür, daß

der Zweite Weltkrieg eine historische Zäsur darstellt, die nach einem anderen Ausdruck der Erinnerung verlangt. Ursprünglich waren Denkmäler Triumphbögen und Ruhmessäulen für siegreiche Feldherren und ihre Truppen. Erst nach dem Ende der Söldnerheere und mit dem Beginn der nationalen Volkskriege dienten sie der Legitimation des Massentodes, indem sie den unbekannten Soldaten mit großem Pathosaufwand zum Helden erhoben. Im Gegensatz zu der naiven Ruhmsucht und triumphalen Herrschaftsverklärung, die uns aus den Denkmälern der feudalistischen Kriege entgegentreten, stimmen die Kriegsdenkmäler der Nationalstaaten, besonders im Fall der Niederlage, einen hohen Ton der Opferverklärung an, um dem Staat weiterhin die Loyalität der Massen zu sichern und Motivationsreserven für spätere Opfergänge bereitzuhalten. Unsicher schwankend zwischen betonter Schlichtheit und einschüchternder Monumentalität verraten viele Denkmäler, was sie verdrängen wollen: daß sich Blutbäder als Mittel der Politik nicht mehr rechtfertigen lassen. Unter dem Eindruck der immer gewaltigeren Zerstörungskraft der Waffen können Kriege nicht mehr als Ruhmestaten und Bewährungszeiten der Nation gedeutet und in die Geschichte integriert werden, sondern erscheinen nur noch als sinnwidrige menschliche Katastrophen.

Die Bildwerke von Käthe Kollwitz und Ernst Barlach, beide zwischen den Weltkriegen entstanden, sind im Unterschied zu den meist zwiespältigen Denkmälern der Epoche schon ein klarer Ausdruck dieses neuen Bewußtseins. Aber es ist bezeichnend für die Macht der politischen Gegenströmung, daß der Bronzeengel Barlachs, 1927 für eine Gedenkstätte im Dom zu Güstrow geschaffen, später von den Nazis zur entarteten Kunst erklärt und eingeschmolzen wurde. Heldisches war wieder gefragt, denn der Zweite Weltkrieg wurde vorbereitet. Das Trauernde Elternpaar der Käthe Kollwitz stand abseits dieser

Entwicklung unter besonderen Bedingungen. Es wurde 1931 auf einem deutschen Soldatenfriedhof bei Dixmuiden in Belgien aufgestellt, wo die Erinnerung an den deutschen Überfall von 1914 noch frisch war und ein Denkmal im Geiste nationaler Heldenverehrung nicht geduldet worden wäre. Erst, nach dem Zweiten Weltkrieg gelangten dann beide Denkmäler nach Köln: der Barlach-Engel in einem zweiten Abguß nach der noch vorhandenen Form und die Kollwitz-Figuren in kongenialen Kopien von Ewald Mataré, von dem auch die Bronzetüren am Hauptportal des angrenzenden Gürzenich stammen. Hier, an ihrem neuen Aufstellungsort, haben die architektonische Umgebung und der unmittelbare historische Erfahrungshintergrund die Wirkung der beiden Kunstwerke noch gesteigert.

Das tritt einem bei der Kirchenruine von Alt St. Alban sofort augenfällig entgegen. Figuren und Bauwerk bilden einen in sich geschlossenen geistigen Zusammenhang, und es vertieft die Authentizität der künstlerischen Aussage, daß die Ruine ein vom Krieg selbst geschaffenes Denkmal ist. Die Kirche Alt St. Alban am Quatermarkt, eine der ältesten Pfarrkirchen Kölns, war in ihrem letzten Bauzustand vor der Zerstörung eine dreischiffige Hallenkirche mit Netz- und Kreuzgewölben über Pilasterpfeilern und einem steilen gotischen Chor. Nach dem Krieg entschloß man sich, die eingestürzten Dächer und Gewölbe, den Knickhelm des Turms und den Innenraum nicht wiederherzustellen und den Bau als Kirche aufzugeben. Das Patrozinium wurde auf Neu St. Alban übertragen, eine in der Neustadt aus Trümmerziegeln des zerstörten Opernhauses erbaute Kirche, die architektonisch in der Nachfolge von Le Corbusiers berühmter Wallfahrtskirche Ronchamps steht. Hier entstand in den sechziger Jahren ein Zentrum des kritischen Katholizismus und der Liturgiereform. Alt St. Alban kam an die Stadt, wurde als Ruine stabilisiert und in den Neubau des Gürzenich einbezogen, vielleicht die faszinierendste Bauidee des Kölner Wiederaufbaus.

Das helle, beschwingte Treppenhaus des Gürzenich und der zum Himmel hin offene Innenraum von Alt St. Alban haben eine gemeinsame Fensterfront, die die beiden gegensätzlichen Räume mehr verbindet als trennt, so daß die wie ein offener Platz mit Natursteinen gepflasterte Kirchenruine als Innenhof oder Atrium des berühmten Fest- und Tanzhauses der Stadt erscheint. Wenn man aus dem ersten Stock des Treppenhauses da hinunterblickt, könnte man das Bild, das sich einem bietet, für eine Halluzination halten. Schon die Fenster, die gleichzeitig zu der Kirchenruine und zum Treppenhaus des Gürzenich gehören, machen die Szenerie zu einem Umspringbild, in dem der eigene Platz seine Bestimmtheit verliert. Steht man draußen, steht man drinnen? Und ist es denn denkbar, daß so verschiedene Welten so dicht benachbart sind? Man sieht dort unten die beiden knienden Figuren in Rückenansicht oder halb von der Seite, doch immer so, als belausche man ihre Trauer als ein unverhoffter Zeuge, und es kann kaum ausbleiben, daß man von einem Gefühl schuldiger Betroffenheit beschlichen wird. Arglos hat man sich in der Heiterkeit der Festräume bewegt und steht unvermittelt vor einer Szene von der Grenze der menschlichen Existenz. Sie ist einem nicht zugewandt, sondern bleibt für sich. Doch gerade weil man nicht herausgefordert oder zurückgestoßen wird durch einen frontalen Appell, kann man sich schwer von dem Anblick lösen.

Man erblickt ein trauerndes Menschenpaar, dessen Verbundenheit man spürt, obwohl die Vereinzelung der Figuren, ihre emotionale Isolation, noch stärker ist. Jede der beiden Figuren wirkt wie eingesperrt in die eigene Trauer. Der Mann ist mit starr aufgerichtetem Oberkörper in die Knie gesunken, und nur sein Blick haftet auf der Stelle, wo die Gedenktafel in den Boden eingelassen ist. Im Unterschied zu ihm beugt sich die Frau der Schrift entgegen, niedergezogen von ihrem Gefühl, in dem wohl auch der Wunsch lebt, den Toten möglichst nahe zu sein. Beide halten sie ihren Oberkörper fest umschlungen, als wollten sie sich so gegen einen zerreißenden Schmerz zusammenhalten. Ihr Knien ist nicht formale Ehrerbietung gegenüber den Toten, sondern der elementare Ausdruck ihrer Beladenheit. Der Schmerz hat sie in die Knie sinken lassen, und er fesselt sie an die Erde, in der die Toten liegen.

Dies ist, vom Gürzenich aus gesehen, trotz der lakonischen Strenge der Figurengruppe ein intimes und stilles Bild. Schaut man vom Quatermarkt aus durch das Portalgitter der Kirchenruine, dann sieht man das Paar zwar in Frontalansicht, aber weit

Schwebender Engel von Ernst Barlach in der Antoniterkirche, 1938

entfernt in dem leeren Raum knien. Das abgeschlossene Für-sich-sein der Szene läßt uns spüren, daß es dreist wäre, sich zu nähern, aber die Einfachheit ihrer Gebärden trägt ihre Trauer durch den weiten Raum zu uns herüber.

Auf andere, rein geistige Weise erlebt man Distanz und Nähe bei Barlachs Schwebendem Engel im Seitenchor der kleinen Antoniterkirche. Hier kann man nahe an die Skulptur herantreten und wird doch durch das geisterhafte Schweben der Gestalt und den Ausdruck der Entrückung in ihrem Gesicht von jeder Vertrautheit ausgeschlossen. An das Sakrale darf man nicht rühren, denn in seiner völligen Stille birgt es einen Schrecken. Barlach hat seinem Schwebenden Engel die Züge der von ihm verehrten Käthe Kollwitz gegeben, doch dieses gewiß besondere Gesicht ist von einer stillen Ekstase so vollkommen entspannt und vereinfacht, daß es in zeitloser Wesentlichkeit erscheint, als der nicht schablonenhafte, aber überpersönliche Ausdruck des Engels.

Der Engel träumt. Seine Lippen ruhen entspannt aufeinander, seine Augen sind geschlossen, aber so leicht und empfindsam, daß dies wie eine höhere Form von Wachheit wirkt. Wenn sich der Mund und die Augen öffneten, was würden wir erfahren? Dieser Kopf ist voller Bilder, und das Schweben der Gestalt ist ein Traumschweben, ohne Anstrengung und im völligen Widerspruch zu ihrer Kompaktheit und Schwere. Die vor der Brust gekreuzten Arme lassen nicht im mindesten an eine Berührung mit der Luft denken, die jedes Fliegen braucht. Das Schweben des Engels verdankt sich keinem körperlichen Vermögen, sondern ist ein geistiges Sein. Es geschieht ohne Aufbietung von Willenskraft, wie unter einem Bann.

Je länger ich hier stehe, um so mehr zeigt sich mir dieser Zustand als das Außer-sich-sein, von dem Sterbende, die man ins Leben zurückgeholt hat, berichtet haben. Sie schwebten über ihrem Körper, als ob sie ihn schon verlassen hätten. Auch dieser, wie von Umnachtung umhüllte Engel scheint über einer unabänderlichen, tödlichen Zerstörung zu schweben. In meiner Phantasie ist es das Trümmerfeld der zerbombten Stadt. Sie ist nicht mehr da, aber er träumt sie, ohnmächtig, weil er nichts retten, nichts ändern kann. Aus dem geschändeten Leben vertrieben, kann er nur noch träumende Bewußtheit sein. In seinem Kopf trägt er die unsäglichen Bilder, die wir von vielen Fotografien kennen und doch nicht festhalten können gegen die täglichen Eindrücke, die uns umgeben. Er ist unser Gedächtnis. Hinter seinen geschlossenen Lidern sind die Bilder aufbewahrt. Es ist gut, das zu wissen, wenn man wieder hinaustritt in das Gewimmel der Straße.

Die Hohestraße von Norden aus gesehen

Pan und die Engel

1989

Köln ist eine Stadt, in der man unter den Fundamenten seines Hauses das Bildnis eines alten heidnischen Gottes entdecken kann. So geschah es 1965, als die Söhne der Familie Genz, die am Chlodwigplatz ein Textilgeschäft betreibt, zusammen mit Freunden die Fundamentgräben für den Wiederaufbau und die Erweiterung des Hauses aushoben. Das im Krieg zerstörte Gebäude war zunächst einstöckig wieder aufgebaut worden, sozusagen der Kölner Normalfall, für den es heute, Ende der achtziger Jahre, noch zahlreiche Beispiele in der Stadt gibt. Die Ausschachtungsarbeiten am Chlodwigplatz 24 waren von vorneherein ein spannendes Unternehmen, das besondere Sorgfalt erforderte, denn die heutige Severinstraße und ihre südliche Verlängerung, der Chlodwigplatz, entsprechen genau dem Verlauf der alten römischen Gräberstraße. So war es kein Wunder, daß man bald auf mehrere römische Steinquader stieß, von denen einige ausgezeichnet erhaltenen Reliefschmuck trugen.

Als herbeigerufene archäologische Sachverständige die freigelegten Steine besichtigten, steckte der größte Teil des Fundes noch unter der Erde. Zwar konnte man weitere Fundstücke erhoffen, aber es war noch nicht zu erkennen, daß die privaten Bauarbeiter, die durch Zufall zu archäologischen Amateurausgräbern geworden waren, eine Entdeckung ersten Ranges gemacht hatten. Damit überraschten sie die Öffentlichkeit erst im Jahre 1967, kurz nach der weit beachteten Ausstellung »Römer am Rhein«, auf der die ersten Fundstücke von der Grabung am Chlodwigplatz gezeigt worden waren.

Trotz Verbots wegen drohender Einsturzgefahr hatten die

Amateurarchäologen heimlich weitergegraben. Monatelang waren sie Abend für Abend durch einen Schrank mit verschiebbarem Boden, der über ihrem geheimen Einstiegsschacht stand, in die Tiefe gestiegen und hatten das Erdreich unter dem Haus wie Bergleute mit Gängen und Schächten durchzogen. In einem Filmbericht und einer Ausstellung in den Kellerräumen des Hauses stellten sie nun das sensationelle Ergebnis ihrer Grabungen der Öffentlichkeit vor: skulptierte Quaderblöcke, Säulentrommeln, Kapitelle, Gesimse, Reliefs, Statuen – insgesamt über hundert Bauteile, die offenbar alle zu einem einzigen Denkmal gehörten. In mühsamer detektivischer Puzzlearbeit wurde daraus der 14,60 Meter hohe Bau des Pobliciusgrabmals rekonstruiert, der im Römisch-Germanischen Museum zu sehen ist und eines der bedeutendsten Denkmäler der römischen Provinzkultur darstellt.

An dieser Grabungsgeschichte hat mich immer der auffällige Unterschied im Verhalten der Amateure und der Fachleute interessiert. Amateurarchäologen haben es immer eilig. Nicht nur die Raubgräber, die außerhalb der Arbeitszeiten an vielversprechenden Baustellen auftauchen und versuchen, den amtlichen Ausgräbern zuvorzukommen. Auch die vom Entdeckerehrgeiz getriebenen Hobbyarchäologen verwandeln sich in rasende Maulwürfe, wenn sie erst einmal fündig geworden sind. Wenn es sich um Funde auf dem eigenen Grundstück handelt, steht den Entdeckern ja auch ein gewisser Anteil am Marktwert der Objekte zu. Aber die Leidenschaft wurzelt wohl in anderen Schichten. Sie entflammt nicht nur am Vorstellungsbild eines verborgenen Schatzes, sondern wird schon entzündet durch das Abenteuer der Schatzsuche selbst.

Im Unterschied dazu läßt sich die Professionalität der Fachleute an ihrer gebremsten Leidenschaft erkennen. Sie wird sicher nicht geringer sein, aber sie ist herunterdomestiziert worden zu vorsichtiger Behutsamkeit. Die archäologisch geschulten Ausgräber sind Zögerer, die sich gegen ihre Räson immer mehr zur Eile getrieben sehen, weil sich überall Bohrmaschinen und Bagger, die neue U-Bahntunnel und Tiefgaragen vorbereiten, durch den historischen Untergrund der Stadt fressen.

Im mythischen Selbstverständnis der Archäologie ist die Erde keineswegs der große Drache, dem man den Hort entreißen möchte, den er bewacht, sondern die schützende Mutter der historischen Schätze. Jahrhunderte-, jahrtausendelang hat sie sie in ihrem Schoß bewahrt, und so erscheint es sinnvoll, sie weiter dort ruhen zu lassen, solange die Ausgrabungsbedingungen nicht optimal sind. Als vor einigen Jahren die Geschäftsleute rund um den Neumarkt den Bau einer Tiefgarage planten, waren die Archäologen ihr leidenschaftlicher Widerpart. Denn obwohl dieses Bauvorhaben ihnen den Zugang zu einer der größten vermuteten Lagerstätten der römischen Stadtkultur geöffnet hätte, zogen sie es vor, darauf zu verzichten, in der Besorgnis, es könne bei unter Zeitdruck vorangetriebenen Ausschachtungsarbeiten zu viel verlorengehen.

Mich erinnern archäologische Ausgräber, die behutsam alte Lebensspuren aus dem Erdreich lösen, an Kriminalbeamte, die empfindliche Fingerabdrücke sichern und alle Neugierigen mit dem Ruf »Bitte nichts berühren!« vom Tatort fernhalten. So war das Verbot, unter dem Haus Nr. 24 am Chlodwigplatz weiterzugraben, wohl auch zu verstehen. Aber diese Amateure waren im Laufe der Zeit zu Fachleuten geworden. Weder brach das Haus über ihnen zusammen, noch litten die Fundstücke Schaden. Und die Archäologie ist nicht nur um ein großartiges Monument, sondern auch um eine farbige Geschichte reicher geworden.

Nach dem Krieg hat die Archäologie in Köln einen wahren

Boom erlebt, nicht nur weil die Bomben und später die Räumbagger und Baumaschinen den Ausgräbern den Weg gebahnt haben, sondern auch weil nach so viel Zerstörung von historischer Substanz ein Gefühl eines fundamentalen Mangels entstanden war, das besonders empfänglich machte für die Zeugnisse eines plastischeren, ausdrucksvolleren Lebens. Man muß sich, um das zu verstehen, nicht nur das Trümmerfeld der zerbombten Innenstadt wieder vor Augen rufen – die ausgebrannten Bürgerhäuser, die zerstörten Kirchen und Profanbauten –, denn nach der Zerstörung ist durch den phantasietötenden, ausdruckslosen Wiederaufbau der ersten Nachkriegsjahrzehnte der Bild- und Geschichtsverlust mit anderen Mitteln fortgesetzt worden. Man sehe sich zum Beispiel die pflegeleichte Gesichtslosigkeit des Viertels um den Großen Griechenmarkt an. Diese Nichtarchitektur war nicht nur ein verständlicher Ausdruck der Not, sondern auch einer vollkommenen Orientierungslosigkeit, in die man durch die Katastrophe des Krieges und die Nazizeit hineingeraten war. Alle Traditionen schienen denunziert, und so flüchtete man sich in das geschichtslose Vakuum eines heruntergekommenen Alltagsfunktionalismus und schlug im Namen von Sachlichkeit und Sauberkeit auch noch den alten Stuck von den Fassaden der Neustadt herunter. Wenn es nicht zu teuer gewesen wäre, hätte man vermutlich alle Fassaden abwaschbar verkachelt.

Der Gipfel dieser Kahlschlagmentalität, die den Menschen nur materielle Bedürfnisse unterstellte und alles andere zur Ideologie erklärte, war der allerdings sektiererische und abstruse Gedanke, das zerstörte alte Köln zu planieren, um es an anderer Stelle modern, und dies hätte wohl geheißen, unkenntlich wieder aufzubauen.

Aber dazu kam es aus vielerlei Gründen nicht. Die Stadt veränderte sich zwar, aber sie wurde auch wieder sie selbst, wofür als das größte Beispiel der Wiederaufbau der romanischen Kirchen steht. Im gleichen Maße wie man wieder an die Zukunft der Stadt glaubte, rettete man auch ihre vielgestaltige Vergangenheit. Daß ab Mitte der sechziger Jahre historische Überblicksausstellungen und historische Museen Massenzulauf bekamen, ist ein Ausdruck dieses Stimmungswandels.

Die Lebenszeugnisse vergangener Geschichtsepochen faszinieren uns gleichermaßen durch ihre Nähe und ihre Ferne. Manche Szenen des Alltagslebens kommen uns in ihrer schlichten und derben Anschaulichkeit so vertraut vor wie einfach erzählte Geschichten, bei denen Sachlichkeit und Märchenglanz unauflösbar miteinander verschmolzen sind. Vor allem alte Gebrauchsgegenstände geben uns mit ihrer handwerklichen Schönheit und Zweckmäßigkeit jenes Gefühl des Echten und Richtigen, wie es nur von Dingen ausgeht, die den elementaren Notwendigkeiten des Lebens dienen. War dies einfache, ausdrucksstarke Leben nicht viel kraftvoller und wirklichkeitsmächtiger als unser eigenes? Umgeben von der Massenproduktion und der Naturzerstörung unserer Industriekultur und eingebunden in immer komplexere und zunehmend indirektere Gesellschaftsstrukturen, die uns vom unmittelbaren Druck des Lebens entlastet, aber auch entfremdet haben, kann es uns manchmal so erscheinen, als habe der fortschreitende Zivilisationsprozeß uns immer weiter von uns selbst entfernt. Mit Nostalgie wird man dann die Sätze lesen, mit denen der niederländische Kulturhistoriker Huizinga sein berühmtes Werk *Herbst des Mittelalters* eröffnet hat:

»Als die Welt noch ein halbes Jahrtausend jünger war, hatten alle Geschehnisse im Leben der Menschen viel schärfer umrissene äußere Formen als heute. Zwischen Leid und Freude, zwischen Unheil und Glück schien der Abstand größer als für uns;

alles, was man erlebte, hatte noch jenen Grad von Unmittelbarkeit und Ausschließlichkeit, den die Freude und das Leid im Gemüt der Kinder heute noch besitzen. Jede Begebenheit, jede Tat war umringt von geprägten und ausdrucksvollen Formen, war eingestellt auf die Erhabenheit eines strengen, festen Lebensstils. Die großen Ereignisse: Geburt, Heirat, Sterben standen durch das Sakrament im Glanz des göttlichen Mysteriums. Aber auch geringere Geschehnisse, eine Reise, eine Arbeit, ein Besuch, waren von tausend Segnungen, Zeremonien, Sprüchen und Umgangsformen begleitet.«

Daß dies alles keine Idylle war, macht Huizinga in den folgenden Abschnitten deutlich, in denen er über Elend, Armut und Gebrechen spricht, die damals weniger Linderung fanden als heute, wenn er die Dunkelheit und die Kälte des Winters schildert, die Aussätzigen mit ihren Klappern, die jammernden Bettler in den Kirchen und daneben die Ausgelassenheit der Feste und die phantastische und völlig ungehemmte Prachtentfaltung der großen Herren, und wenn er von der Härte der Justiz und der ungebrochenen Grausamkeit der Menschen spricht und von den vielen öffentlichen Hinrichtungen, die von dem zusammenlaufenden Volk ebenso wie die flammenden Reden der Wanderprediger als erregende Schauspiele genossen wurden. »Alle Dinge des Lebens waren von einer prunkenden und grausamen Öffentlichkeit«, schreibt er und schildert, wie übermächtig diese Welt auf die Menschen wirkte, zumal sie kein anderes Leben kannten, kein anderes sich vorstellen konnten als das, was sie umgab.

»Durch den immerwährenden Kontrast, durch die Buntheit der Formen, mit denen sich alles dem Geiste aufdrängte, ging von dem alltäglichen Leben ein Reiz, eine leidenschaftliche Suggestion aus, die sich offenbart in jener schwankenden Stimmung von roher Ausgelassenheit, heftiger Grausamkeit und inniger

Rührung, zwischen denen das mittelalterliche Stadtleben sich bewegte.«

Eine untergründige Sehnsucht kann man aus solchen Schilderungen heraushören oder jedenfalls ein empfindliches Bewußtsein für die Verluste, mit denen wir die lebenspraktischen Wohltaten und Emanzipationsgewinne der modernen Zivilisation bezahlen mußten. Doch wäre er vor die Wahl gestellt worden, heute oder damals zu leben, hätte wohl auch Huizinga der Gegenwart den Vorzug gegeben. Vermutlich sind wir mit Körper und Seele so sehr ein Kind unserer Zeit, daß wir die Science-Fiction-Erfindung der Zeitmaschine, gäbe es sie wirklich, nur zu Forschungszwecken und kurzen Abenteuern benutzen würden, und auch nur dann, wenn uns die Rückkehr in unsere Gegenwart garantiert wäre.

Aber besitzen wir die Zeitmaschine nicht schon in der historischen Forschung, in den Geschichtsbüchern und Museen und in der Archäologie? Barbara Tuchman, die ein bedeutendes und überaus anschauliches Buch über das 14. Jahrhundert in Frankreich geschrieben hat, bezeichnet vergangene Geschichtsepochen als ferne Spiegel, in die wir hineinblicken, um im verfremdeten Bild das eigene schärfer zu erkennen. Denn wir sehen uns so mehrfach: Was wir waren und was wir geworden sind, was wir gewonnen und was wir verloren haben. Wir erkennen uns an Ähnlichkeit und Unterschied.

Kann es sein, daß wir die Unterschiede schärfer empfinden, wenn es noch überschaubare Verbindungen zwischen den Epochen gibt? Huizinga sah im späten Mittelalter ein epochales Ende, nach dem fast alles anders wurde, und auch Barbara Tuchmans Epochenporträt betont die fast barbarische Fremdheit dieser vergangenen Welt. Blicken wir indessen weiter zurück bis in frühe mythische Zeiten, dann schaut uns paradoxerweise ein fernvertrautes Gesicht an, und es kann uns so vorkommen, als sähen wir in diesen alten Bildern und Geschichten unsere ewigen Schicksalszeichen und unsere unveränderliche Natur.

Bei den Grabungen am Chlodwigplatz stieß man gleich zu Anfang auf den Mittelteil eines gut erhaltenen Reliefs, das offenbar zu einer Darstellung des alten arkadischen Hirtengottes Pan gehörte. Dafür sprachen nicht nur der tierische Stummelschwanz und der erigierte Phallus, sondern vor allem auch das markanteste Attribut des Gottes, die aus Schilfrohr gefertigte Panflöte. Der bocksfüßige, gehörnte, ziegenbärtige Pan, ein Naturwesen von unerschöpflicher Triebhaftigkeit, soll das archaische Instrument erfunden haben, als er wieder einmal auf Nymphenjagd war, und die flüchtige Nymphe Syrinx, die eine jungfräuliche Jägerin bleiben wollte, sich, kurz bevor er sie am Ufer des Flusses Ladon ergreifen konnte, von den hilfreichen Flußnymphen in ein Schilfrohr verwandeln ließ. Der Gott konnte sie nun nicht mehr erkennen. Aber in einer Übersprung- oder Ersatzhandlung, so würden es heutige Verhaltensbeobachter wohl nennen, schnitt er die Schilfrohre ab, verband sie mit Bast und klebte sie mit Wachs zusammen. Es war ein Bild seiner gefesselten Beute, das er nun als Fetisch bei sich trug, viele Schilfrohre, unter denen sich die Gesuchte versteckte, und die alle zusammen seiner wahllosen Unersättlichkeit gefielen. Er wird das Ding betastet und nach der Art von Kindern und Tieren auch mit dem Mund untersucht haben, und dabei entlockte sein Atem dem Instrument die ersten klagenden und sehnsüchtigen Töne.

Ich stelle mir vor, wie sich die spitzen Tierohren des zottigen Mischwesens aufrichteten und ein ungläubiges Staunen in das grobe, bärtige Gesicht trat. Pan war bekannt für seine markerschütternden Schreie, mit denen er in der Mittagstunde schlafende Hirten erschreckte oder die Nymphen durch die Wälder jagte und sogar ganze Kriegsheere in die Flucht schlug. Jetzt plötzlich

Panrelief vom Grabmal des Poblicius,
Römisch-Germanisches Museum, Köln

hörte er etwas anderes, noch nie Dagewesenes. Obwohl noch nahe bei der Natur, war es kein bloßer Naturlaut mehr, sondern eine Stimme, die, je aufmerksamer er lauschte und je sicherer er die Töne wiederholen und variieren konnte, über den bloßen Ausdruck der vitalen und unbewußten Impulse hinausstieg, Gestalt und Bewußtsein gewann und zur Musik wurde. Und wahrscheinlich mußte er dann nicht mehr lange warten, bis die Nymphen von selbst aus ihren Verstecken kamen und sich um ihn herum niederließen.

Pan wurde später übermütig und forderte den höherrangigen Gott Apoll, der die Leier spielte und der Herr der Musen war, zu einem Musikwettstreit heraus, den er prompt verlor. Nur König Midas bekannte, daß er die Panflöte der Leier vorzog, worauf der immer rachsüchtige Apoll, der nie erlaubte, daß man an ihm zweifelte, ihm Eselsohren an den Kopf zauberte.

Pan, nicht für künstlerische Sublimierung geschaffen, schloß sich dem Dionysos an, dem jungen Gott des Rausches, der den Griechen den Weinbau brachte und, begleitet von seinem Lehrer, dem Waldgott Silen, und einer wüsten Horde betrunkener Faune und rasender Mänaden, durch das Land zog und überall seine lärmenden, orgiastischen Feste feierte. Pan, das göttliche Mischwesen, halb Mensch, halb Ziegenbock, wird dabei reichlich auf seine Kosten gekommen sein.

Es mag befremden , ausgerechnet diesen primitiven Naturgott als hervorragendes Motiv auf dem Grabmal des vornehmen römischen Veteranen Poblicius zu finden. Aber hier liegt der Schlüssel zum Verständnis des ganzen Figurenschmucks, denn man entdeckte bei den Grabungen am Chlodwigplatz, auffällig genug, gleich zwei große, ausdrucksstarke, aufeinander bezogene Panreliefs, die nun im Obergeschoß des rekonstruierten Grabmals auf den Seitenwänden zu sehen sind. Pan trägt einmal die mit einem Perlband geschmückte Syrinx in seinen

Dionysos-Brunnen von Karl Burgeff, Lichthof unter der Domplatte, 1973

groben, kraftvollen Händen, das andere Mal erscheint er als Jäger, den Hirtenstab geschultert, in der anderen Hand einen erlegten Hasen tragend. Der muskulöse Körper, nackt trotz des Umhangs, der von der Schulter fällt, geht von der Hüfte abwärts ins Tierische über, der Kopf trägt das mächtige, s-förmige Gehörn. Beide Male blickt Pan mit einer starken Drehung des Kopfes über die Schulter zurück, wo sich hinter ihm eine mächtige Schlange um einen Baum windet, deren züngelnder Kopf, dicht vor seinem Gesicht, bereit scheint, auf ihn herabzustoßen. Die Schlange kriecht auf beiden Reliefs aus der Wurzel des Baumes hervor und bildet mit ihm eine anschauliche, spannungsvolle Einheit. Der Baum, immergrün im Laub stehend, ist ein Lebensbaum, die Schlange, die ihn umringelt, ein unterweltliches Erdtier, bedeutet den Tod. Pan aber, der als Inkarnation der Naturkraft seinen aufgerichteten Phallus präsentiert, wehrt die Schlange allein durch die bannende Kraft seines Blickes ab. Diese Szene wird auf der einen Seite durch einen geflügelten Eroten gekrönt, auf der anderen Seite durch eine tragische Maske. Kannelierte Säulen drängen den Baum mit der Schlange und den bocksfüßigen Gott mit seinem unheilabwehrenden Blick eng zusammen, so daß man die ganze Spannung der Todesdrohung und der sich dagegen behauptenden Lebenskraft auch räumlich erfährt. Eine als Fragment gefundene Mänade mit einem zerschnittenen Rehkitz, unmittelbarer Hinweis auf den Kult des Dionysos, und Reste eines Tritons vertiefen das Thema des elementaren Lebens, das in der Gestalt Pans dem Tod begegnet und widersteht.

Natürlich glaubte ein gebildeter, weltkundiger Römer wie Poblicius nicht mehr in einem wörtlichen Sinne an die Existenz eines solchen Fabelwesens, und auch die Bildhauer, die den Figurenschmuck für das Grabmal herstellten, benutzten die mythischen Motive nur noch als allgemein verständliche Bildformeln. Aber die Bilder waren lebendig genug geblieben, um die Idee der Unüberwindbarkeit des Lebens anschaulich auszudrücken, für die Lebenden ein Zuspruch, dem Toten, den man sich wohl nur vage in irgendwelchen Gefilden der Seligen vorstellte, als symbolisches Geleit.

Es ist ein gewaltiger Abstraktionsschritt von der vielgestaltigen, sinnenfrohen und naturhaft unmoralischen griechischen Göttergesellschaft, in der auch das zottige Halbtier Pan seinen Platz hatte, zu dem einzigen, alle menschliche Vorstellungskraft übersteigenden Gott der Juden und Christen. Diese Entrückung des Göttlichen ins Überirdische, seine Konzentration in erfahrungsferne Transzendenz war der entscheidende Schritt zur allmählichen Versachlichung der Welt, wenn auch der Katholizismus sich durch allerlei Mittlergestalten und fromme Legenden bemühte, das Heilige und das Irdische zumindest für das Volk in anschaulicher Verbindung zu halten. Heidnische Vorstellungen ließen sich nicht ganz aus dem Bildvorrat der kollektiven Phantasie vertreiben. So sehen wir den bockfüßigen, gehörnten Pan im Mittelalter als Teufel wieder, und aus den berauschten Mänaden, mit denen er seine wilden Liebesfeste feierte, sind tückische und schamlose Hexen geworden, alptraumhafte Verzerrungen der weiblichen Natur. Die Verteufelung des Leiblichen ist die spiegelbildliche Entsprechung der Vergeistigung des Göttlichen.

Natürlich haben schon die griechischen Götter, vor allem die Heroen von Herakles bis Theseus, gegen die chtonischen Mächte der Giganten und Ungeheuer gekämpft. Aber sie waren selbst überaus lebensvolle, erotische Gestalten und haben nichts an sich von der abstrakten Reinheit und Strenge der Engel, die als Sendboten, anbetender Chor und himmlische Heerschar die Botschaften und den Willen des transzendenten Gottes vollstrecken. Sind die Engel vielleicht aus dem Bild des geflügelten Eros und seiner Begleiter, der Eroten, hervorgegangen? Dann muß man wohl Platon als den geistigen Vater dieser Metamorphose bezeichnen, denn er deutete die alte, dem Chaos entstiegene Naturkraft des Eros, der auch die Götter nicht widerstehen konnten, abstrakt und körperfremd um als Liebe der Seele zu den Ideen. Das war schon nicht mehr weit bis zur Geschlechtslosigkeit der Engel, die in ewiger Ekstase um Gottes Thron versammelt sind und seine Herrlichkeit anbeten.

Um den Preis der Verteufelung des Leibes, der Dämonisierung der Natur und späterer Exzesse, wie der Hexenjagd, wurden durch die Vergeistigung der Gottesvorstellung als oberstem Maß und höchstem Gut kulturelle Sublimierungsleistungen ermöglicht, die neu und unerhört waren. Die geistliche Musik, von Guillaume de Machaut über Palestrina bis hin zu Johann Sebastian Bach, die sich am Lobgesang der Engel mißt, klingt völlig anders als das Spiel der Panflöte und das Lärmen, Trommeln und Singen der trunkenen Horden des Dionysos und wohl auch als die Leier Apolls. Die Spiritualität dieser Musik ist nur vergleichbar mit der ins Immaterielle hochschießenden Architektur der gotischen Kathedralen, der Diaphanie ihrer durchbrochenen Wände und dem unirdischen Leuchten ihrer Glasfenster. Die musizierenden Engel, die an den Innenseiten des Kölner Domchores hoch über den Köpfen der Apostel auf ihren Konsolen stehen, scheinen dort oben, fast unsichtbar für die Gläubigen, eine den irdischen Nöten und Getriebenheiten entrückte Musik zu machen. Aber als Geschöpfe des schönen weichen gotischen Stils haben sie auch eine sublime Sinnlichkeit. Sie ist ruhig, geklärt und kann sich leicht, ohne Unterdrückung in Musik verwandeln, was wohl die sublimste Vorstellung von Erlösung ist.

Andererseits grenzt die Spiritualität der Engel ans Namenlose und Unbestimmte. Als auf den Bildern des späten Mittelalters die Menschen und Heiligengestalten allmählich individuelle Züge bekommen, bleiben die Engelsgesichter leer und schablonenhaft: Kein persönliches Schicksal, keine Erfahrung prägt sie und erst recht kein Trieb, keine Leidenschaft. Das unterscheidet sie wesentlich von ihren Feinden, den höllischen Dämonen, auf deren beängstigende Erscheinungen die mittelalterlichen Künstler ihre ganze Phantasie verwendet haben. Einzig die Straf- und die Verkündigungsengel zeigen etwas mehr Expressivität. Der große Engel mit den mächtigen farbigen Flügeln, der, umgeben von einer Lichtaura, am Bett der heiligen Ursula steht, ist schon deshalb eine Ausnahme, weil es sich um ein Traumbild handelt, das, ganz ungewöhnlich auch für das Ende des 15. Jahrhunderts, mehr als Imagination denn als gegenständliche, materielle Wirklichkeit erscheint. Wie dieses Bild des Meisters der Ursulalegende hängt auch das Altarbild des Meisters der Verherrlichung Mariens (um 1480) im Wallraf-Richartz-Museum. Auf diesem Anbetungsbild erscheinen die Engel nur als Chöre und ornamental geordnete Gruppen, geflügelte Wesen, die um den Thron der Gottesmutter als schwebende Kränze, Sträuße, Girlanden geordnet sind.

Viel lebendiger wirken die Engel auf Stefan Lochners berühmtem Bild »Das Weltgericht«, das nach 1435 entstanden ist und ebenfalls im Wallraf-Richartz-Museum hängt. Die Inszenierung folgt zwar dem Schema der Weltgerichtsdarstellungen, das schon an den Westportalen der großen Kathedralen entwickelt wurde, aber im Unterschied zu Andachtsbildern wie der Verherrlichung Mariens gab es hier Dramatisches zu erzählen, und so sehen wir die himmlischen Heerscharen nicht bloß anbetend und jubelnd, sondern bei den verschiedenen Aufgaben, die sie in der apokalyptischen Schlußszene der Heilsgeschichte zu erfüllen haben.

Christus thront als Weltenrichter auf einem doppelten Regenbogen in der oberen Mitte des Bildes, schräg vor ihm knien die Fürbitter Maria und Johannes der Täufer. Neben ihm fliegen Engel heran, die seine Marterwerkzeuge – Kreuz, Lanze und Dornenkrone – tragen. Zu seinen Füßen wecken tubablasende fliegende Engel die Toten auf, und mit einer mächtigen Gebärde seiner Arme teilt er die Menschheit in die Erlösten und die Verdammten. Ein langer Zug von Nackten wird von prügelnden höllischen Dämonen in Ketten aus der Tiefe des Bildes nach vorne rechts zum höhlenhaften Abgrund der Hölle geführt, wo der Fürst der Finsternis, ein angekettetes Ungeheuer, mit Krallen und Zähnen auf sie wartet. Links zieht in Gegenrichtung ein anderer Zug von Nackten auf die Pforte einer feingliedrigen, innen strahlend erleuchteten gotischen Architektur zu, die den Himmel darstellt. Engel empfangen den Zug, und vor der Pforte steht Petrus, der als Schlüsselhalter des himmlischen Paradieses die Kirche als den einzigen Weg zum Heil vertritt. Neben ihm und auf der Empore über der Himmelspforte stehen musizierende Engel.

Sie singen und spielen auf Saiteninstrumenten. Es wird eine wohlklingende, luzide Musik sein, im Unterschied zu dem Getöse, das auf der anderen Seite des Bildes von den dämonischen Wächtern der brennenden Höllenburg mit Blas- und Schlaginstrumenten erzeugt wird. Infernalischer Lärm gegen himmlische Musik, das ist einer der dramatischen Gegensätze des Bildes, auf dem die Engel mit den Teufeln um die aus ihren Gräbern auferstehenden Toten kämpfen. Die blaugewandeten Engel haben in diesem apokalyptischen Kampf die Luftüberlegenheit. Sie sind Federflügler, was ja auch in der Perspektive der Evolutionstheorie im Vergleich mit den drachenähnlichen Hautflügeln der Teufel das überlegene Prinzip darstellt.

Aber die Teufel machen gewaltige Beute, entsprechend der im Mittelalter verbreiteten Vorstellung, daß viel mehr Menschen zur Hölle verdammt sind als in den Himmel gelangen. Manche höllischen Dämonen sind erschreckende, groteske Mischwesen, die sich aus Körperelementen vieler verschiedener Tiere zusammensetzen und denen abscheuliche Fratzen aus Leib, Schultern und Knien wachsen, Zeichen wahnhafter Dissoziation. In anderen Teufeln kann man Nachkommen des alten Ziegengottes Pan erkennen. Sie sind so zottig wie er, haben seine spitzen Tierohren und tragen das Bocksgehörn. Man könnte sie für wüste Gesellen bei einem bäuerischen Mummenschanz halten oder für Hans Muff mit der Rute, den schwarzen, kettenrasselnden Kinderschreck, der den Weihnachtsmann begleitet. Aber in der Weltgerichtsszene sind sie die prügelnden, stoßenden, peinigenden Folterknechte, die die Verdammten in die Hölle zerren.

Der Zug kommt in eiligem Durcheinander auf den Betrachter zu. Man sieht die verzweifelten Gesichter und glaubt das Schreien der Verdammten und das Gebrüll ihrer Treiber zu hören. Auf der anderen Bildseite, wo der Zug der Seligen vom Betrachter weg auf die Himmelspforte zuschreitet, herrschen dagegen Eintracht und menschliche Gesittung. Da Christus mit dreißig Jahren gestorben ist, war es eine verbreitete theologische Vorstellung, daß die Erlösten, gleichgültig, ob sie als Kinder oder Alte gestorben sind, mit dem Körper von Dreißigjährigen wieder auferstehen würden. So sind sie sich alle gleich, fast schon wie die Engel, die zu ihrer zärtlichen Begrüßung gekommen sind, so, als empfange man Gäste zu einem höfischen Fest. Die Engel umarmen die Seligen, sprechen sie freundschaftlich an, küssen sie sogar. Es sind wohl geschwisterliche Küsse oder unvorstellbar sublime, nur zu vergleichen mit der himmlischen Musik. Hinter der Himmelspforte, im ersten Saal des Paradieses, leuchtet goldenes Licht. Die Seligen, die schon hineingelangt sind, beginnen sich in diesem Licht aufzulösen. Immateriell und reglos geworden, entziehen sie sich unserer Vorstellungskraft, um verklärt im sakralen Goldgrund des Himmelslichtes zu verschwinden.

Die mittelalterlichen Weltgerichtsdarstellungen, die die Menschheit so rigoros in Selige und Verdammte scheiden, sind anschauliche Belege der gewaltsamen Erziehungsarbeit, die die christliche Kultur an der menschlichen Natur vollzogen hat. Der Anspruch der Taufe, aus einem Naturwesen eine spirituelle und sittliche Person zu machen, war in den Augen Augustins und anderer Kirchenväter fundamental und fortwährend bedroht durch die animalische Triebhaftigkeit des menschlichen Leibes und die noch überall weiterlebenden Reste des naturmagischen heidnischen Denkens. Dagegen schien kein anderes Mittel zu verschlagen als das radikalste: die Verteufelung der Pansnatur des menschlichen Leibes, ihre gewaltsame Verdammung und Austreibung, wie sie in den schrecklichen Strafphantasien der Weltgerichtsdarstellungen vollstreckt wurde.

Das war, wie Aaron J. Gurjewitsch in seinem Buch über *Mittelalterliche Volkskultur* darstellt, nicht so sehr eine Angelegenheit der gelehrten Theologie, sondern wurde in der Literatur der Bußbücher und Traktate betrieben, mit denen die niedere Geistlichkeit der Pfarrer und mönchischen Bußprediger das Volk unterrichtete und ständig in Gottesfurcht und reuiger Zerknirschung über die eigenen Sünden zu halten versuchte. Eine dieser Schriften, die in vielen Klosterbüchereien vorhanden war und in immer neuen Abschriften unter Priestern und Laien verbreitet wurde, war der »Lichtbringer« (das »Elucidarium«) eines Kirchenschriftstellers aus der ersten Hälfte des 12. Jahrhunderts, der anonym bleiben wollte und unter dem Namen Honorius Augustodunensis historisch registriert wurde. Wenn man

Musikengel, gotische Pfeilerfigur im Domchor

liest, wie plastisch Honorius die Schrecken der Hölle schildert (als wäre er da gewesen und hätte alle ihre Foltern mit eigenen Augen gesehen), dann bekommt man, selbst nach dem verkürzenden Referat von Gurjewitsch, eine Vorstellung davon, mit welchem Angstdruck die mittelalterlichen Menschen auf den Heilsweg der Kirche getrieben wurden.

»In der niederen Hölle, die unter der Erde liegt, gibt es neun Arten von Qualen für die Seelen der Bösen: Es lodert dort ein nie verlöschendes Feuer, das auch kein Meer ersticken könnte: Zwar brennt es, doch es leuchtet nicht. Es herrscht eine unerträgliche Kälte, in der sich auch ein feuerspeiender Berg in Eis verwandeln müßte. In dem Feuer und der Kälte ist Heulen und Zähneklappern, denn der Rauch treibt Tränen aus den Augen, und der Frost läßt die Zähne aufeinanderschlagen. Außerdem wimmelt die Unterwelt von schauerlichem Gewürm, gräßlich zischenden Schlangen und Drachen, die sich im Feuer tummeln wie der Fisch im Wasser. Die vierte Pein ist ein unerträglicher Gestank. Die fünfte sind Peitschen, mit denen die bösen Geister umgehen wie Schmiede mit Hämmern. Die sechste ist eine tastbare Finsternis, von der geschrieben steht: ›... und wenn's hell wird, so ist es immer noch Finsternis‹ (Hiob 10, 22). Die siebente Pein bildet die Scham, die aus den Sünden herrührt, die vor allen enthüllt sind und die zu verbergen nicht möglich ist. Dazu kommt als achte der gräßliche Anblick der Teufel und Drachen, die in dem Feuer glitzern und das schreckliche Geheul der Opfer sowie ihrer Peiniger. Als letztes sind die feurigen Ketten zu nennen, mit denen die Gliedmaßen der Sünder gefesselt sind.«

Nicht nur die Mühen und Leiden eines harten, entbehrungsreichen Lebens speisten die Inbrunst der mittelalterlichen Frömmigkeit, sondern auch diese düsteren Drohungen mit ungeheuerlichen Höllenstrafen, die man wie ein Beben unter den Ekstasen der Pilgerzüge und Geißlerscharen, der Bußveranstaltungen und Bittgebete spürt. Die Frömmigkeit verzehrte indessen immer wieder die hochschießende Angst, und die vielen Fürbitter und Heiligen, an die man sich in seiner Seelennot wenden konnte, boten den Gläubigen wie mächtige, ideale Elternfiguren einen ständigen Schutz.

Und auch dies ist noch ein zu dramatisches Bild des mittelalterlichen Alltags. Ich will es deshalb um eine Szene ergänzen, die auch von Gurjewitsch dokumentiert wird. Der Abt Caesarius des Klosters Heisterbach im Siebengebirge ärgerte sich darüber, daß seine Mönche immer einschliefen, wenn er zu ihnen von Gott und den Engeln sprach. So stellte er ihnen eine Falle und begann zum Schein von König Artus und den Rittern der Tafelrunde zu erzählen. Sofort waren alle aufmerksam und wurden wegen ihres mangelnden theologische Eifers und ihrer profanen Unterhaltungssucht derb beschimpft.

Ein solcher Schnappschuß aus dem Alltag des mittelalterlichen Klosterlebens macht deutlich, was für die frommen Kirchenlehrer ein Ärgernis darstellte, aber auch ein Schutz der Seelen war: Menschen sind nicht unbegrenzt der Belehrung und der Erziehung zugänglich. Wenn es zu viel wird, wenn es sich zur Langeweile oder zur Indoktrination auswächst, schalten sie einfach ab. Die sprichwörtliche Trägheit des Fleisches ist in vielen Fällen Demotivation. Aber das hat die gleiche körperliche Überzeugungskraft und Unschuld. Die Augen fallen zu, die Ohren werden taub, eine schützende Gardine zieht sich vor die Seele und ein Schleier vor die Aufdringlichkeit der Außenwelt, sehr zum Unmut aller Propagandisten und pädagogischen Eiferer, die nie verstehen, daß die Steigerung des Drucks die Abwehr automatisch verstärkt. Abstumpfung kann ein wirksamer Schutz sein. Auch die schreckenerregendsten Weltgerichtsdarstellungen und Höllenbeschreibungen werden durch Gewohnheit etwas von ihrem Biß verloren haben. Die Hölle wurde dank der Bilder allmählich anschaubar und bis zu einem gewissen Grade sogar vertraut. Wie lange bleibt man noch vor einem Bild stehen, das man genau kennt und täglich vor Augen hat?

Und es gab auch kulturelle Institutionen – wir würden sie Ventilsitten nennen –, die den Druck milderten, indem sie ihn unterbrachen oder ihm einen Ausweg öffneten. Sie schützten die Seelen vor der ständigen Überforderung durch den metaphysischen Ernst einer Heilsgeschichte, die ihnen die letzten Dinge – Tod, Verdammnis und Erlösung – täglich vor Augen rief. Es gab die spielerische und parodistische Entlastung vom Ernst bei den Jahrmärkten und Volksfesten und ganz besonders bei dem, bis zu den Satyrspielen zurückreichenden heidnischen Erbe, dem Karneval, der als befristete, verrückte Gegenwelt in den Zusammenhang des Kirchenjahres eingebettet war.

Michael Bachtin, der große russische Literaturwissenschaftler, hat den Karneval als vorübergehende Vereinigung des Getrennten beschrieben, als die Wiederauferstehung einer verlorengegangenen Totalität, in der, wie er sagt, Kopf und Gesäß gegeneinander vertauscht wurden, ein Fest, das alles »vereinigt, vermengt und vermählt, das Geheiligte mit dem Profanen, das Hohe mit dem Niedrigen, das Große mit dem Winzigen, das Weise mit dem Törichten.« Bachtin betont die befreiende Kraft des karnevalistischen Unernstes und des Lachens, das im Grunde ein heidnisches Gelächter war und im Mittelalter die eigentümliche Qualität einer Verlachung und spielerischen Entmachtung der Hölle bekam. »Mit dem Entsetzlichen«, sagt Bachtin, »wird ein Spiel getrieben. Das Furchtbare wird zu einem fröhlichen Popanz gemacht.« Die Teufel laufen als Narren herum. Körperliche Mißbildungen werden grotesk übertrieben, verlieren dabei das Höllische und Dämonische und bekommen eine laut belachte sexuelle Bedeutung: Die große Nase repräsentiert den Phallus, Bauch und Buckel die Schwangerschaft. Auch die Pritschen, mit denen man sich gegenseitig schlägt, erinnern nicht an die Folterwerkzeuge der Teufel, die die Verdammten in die Hölle prügeln, sondern sind Ausdrucksmittel eines promiskuitiven Spiels, in dem jeder jeden berührt. Nichts ist mehr ernst und nichts bedrohlich. Kein Laster des Leibes wird anders als natürlich gesehen. So »zerplatzt«, wie Bachtin das ausdrückt, im karnevalistischen Treiben die lachend parodierte Hölle und wird zum Füllhorn, aus dem sich erneut die bunte Totalität des Lebens ergießt.

In seinem Aufsatz »Grundzüge der Lachkultur« spricht Bachtin eindringlich über die kulturtherapeutische Bedeutung des karnevalistischen Gelächters, was nebenbei erklärt, weshalb heute, da sich der moralische Druck der Kultur wesentlich verringert und die religiöse Seelenangst sich fast ganz verflüchtigt hat, der Karneval an elementarer Schubkraft verloren hat. Bachtin schreibt:

»Der mittelalterliche Mensch empfand im Lachen besonders scharf den Sieg über die Furcht. Und er empfand ihn nicht nur als Sieg über die mystische Furcht (die ›Gottesfurcht‹) und über die Furcht vor den Naturkräften, sondern vor allem als Sieg über die moralische Furcht, die das Bewußtsein des Menschens knechtet, bedrückt und dumpf macht: als Sieg über die Furcht vor allem Geheiligten und Verbotenen (vor dem ›Mana‹ und vor dem ›Tabu‹), vor der Macht Gottes und vor der Macht der Menschen, vor den autoritären Geboten und Verboten, vor Tod und Vergeltung im Jenseits, vor der Hölle, vor allem, was entsetzlicher ist als die Erde. Indem es diese Furcht besiegte, hellte das Lachen das menschliche Bewußtsein auf, öffnete ihm die Welt auf eine neue Weise. Dieser Sieg war freilich nur ephemer, er beschränkte sich auf die Festtage, dann kamen wieder Werktage der Angst und Bedrückung, doch aus diesen festtäglichen Lichtblicken des menschlichen Bewußtseins bildete sich eine andere, nicht offizielle Wahrheit über die Welt und den Menschen aus, die das neue Selbstbewußtsein der Renaissance vorbereitete.«

In der Nacht zum Aschermittwoch, in der die Puppe des Karnevalskönigs (heute der »Nubbel« genannt) nach alter Mänadensitte zerstückelt und verbrannt wurde, begann freilich die Fastenzeit, und Pan wurde wieder zum Teufel. Solche rapiden Stimmungswechsel verraten etwas von den krassen Gegensätzen und zerreißenden Spannungen des mittelalterlichen Lebens, und um so mehr muß man die Integrationsleistung der scholastischen Philosophie bewundern, vertreten zum Beispiel durch Albertus Magnus, der in Köln lehrte, und seinen berühmten Schüler Thomas von Aquin, der auch einige Zeit hier gelebt und gewirkt hat. Ihr Realismus, der sich an Aristoteles, nicht an Platon anschloß, hat die manichäische Spaltung der Welt in die Mächte der Finsternis und des Lichtes nicht zugelassen.

Die Hölle war in Thomas von Aquins Verständnis nicht mehr das Schreckensreich der ewigen Körperfolter, sondern die innerseelische Qual der gottfernen Seele. Das Böse, das Teuflische war keine gleichberechtigte, autonome Gegenmacht der göttlichen Ordnung, sondern war in sie eingebettet und diente ihr auch gegen seinen Willen. »Die Ordnung der Glieder des Alls zueinander besteht kraft der Ordnung des ganzen Alls auf Gott hin«, so lehrte Thomas, und er zog daraus den Schluß, der vollkommen aufgeklärt wirkt und an die Stelle der paranoiden Halluzinationen und Schreckbilder, wie wir sie von den Weltgerichtsdarstellungen und den gemalten Höllenstürzen kennen, den Geist der Differenzierung und des Verstehens setzte: »In der Welt findet sich nichts, das ganz und gar böse wäre.« Diese

ruhige, unhysterische Stimme sprach sich damit gegen moralischen Fanatismus und die Schematismen der schrecklichen Vereinfacher aus. Schon um des Guten willen, das auch noch im Bösen zu finden sei, verdient nach Thomas jedes Element der göttlichen Weltordnung die ganze Aufmerksamkeit des menschlichen Geistes. So wurde die ganze Gestaltenfülle des Lebens wieder anschaubar und verstehbar und gewann als Gottes Schöpfung etwas zurück von der Unschuld der Natur.
Die Spaltungen haben sich später wieder erneuert. So hat die bürgerliche Kultur mit anderen Mitteln der gesellschaftlichen Kontrolle den Kampf gegen die menschliche Natur wieder aufgenommen und neue Grade der Affektdämpfung und des moralischen Rigorismus durchgesetzt. Der alte dramatische Höllensturz, die Austreibung des Bösen in die Unterwelt, nahm die Form der Verdrängung an. Nur in der Literatur, die von den Opfern dieser Praxis erzählte, hatte die Gesellschaft noch ein ungeschmälertes Bild ihrer selbst, bis dann Anfang unseres Jahrhunderts Siegmund Freud als ein neuer Theseus ins Labyrinth der menschlichen Seele hinabstieg und dort alle die Ungeheuer wieder entdeckte, von denen der Mythos immer gesprochen hatte.

Kommt man aus der geschlossenen Sonderwelt einer Kirche oder eines historischen Museums auf die Straße zurück, dann kann das für Augenblicke ein sanfter Erkenntnisschock sein. Dieser Verkehr, diese Geschäfts- und Bürohäuser und die vielen, meist eiligen Menschen: das ist unsere Welt. Auch sie ist nur eine unter vielen möglichen menschlichen Welten. Es war nicht immer so, und es wird nicht so bleiben. Aber man macht einige Schritte, und die alltägliche, vertraute Welt nimmt einen wieder auf. Alles ist, wie es ist, selbstverständlich und unauffällig, und nur manchmal kann es einem geschehen, daß man die Dinge und Vorgänge um sich herum mit dem zweiten Paar Augen sieht, den inneren Augen, die die verborgenen Bedeutungen, die Spiegelungen, die fernen Verwandtschaften und Herkünfte entdecken.

Die Skateboardfahrer, die auf dem Böllplatz und dem Roncalliplatz ihre Sprünge zeigen, und die Breakdancer, die einige Jahre zuvor mit ihren zuckenden Verrenkungen die Passanten anlockten, sie sind ebenso Nachfahren der mittelalterlichen Straßengaukler wie die beiden Amateurclowns, die im Rheingarten mit virtuos verunglückenden athletischen Übungen die Leute zum Lachen bringen. Auch Schauspieler sind dort. Auf einer improvisierten Bühne führen sie einen erotischen Schwank auf. Sie tragen mittelalterliche Kostüme. Um sie herum ein Kreis von Zuschauern in der legeren Sommerkleidung vom Ende der achtziger Jahren, die das Allzumenschliche von Liebe, Eifersucht und Ehebruch vermutlich unter den Begriff »Beziehungsprobleme« subsumieren. Etwas abseits steht ein Dudelsackpfeifer im schottischen Kostüm; vielleicht ist er echt. Unter den Straßenmusikanten ist, im Unterschied zu den ersten Nachkriegsjahren, in denen es nur wenige heimische Grüppchen gab, inzwischen viel fahrendes Volk aus aller Welt. Eine Gruppe von Indios mit ihren heimatlichen Instrumenten und Liedern wirkt ziemlich professionell; man kann ihre Schallplatten kaufen. Aber es gibt auch viele Einzelreisende, darunter immer wieder einmal kuriose Spezialisten mit selbstgebastelten, multifunktionalen Klangerzeugern, die sie, rüttelnd, stampfend, mit dem ganzen Körper bedienen, eine Musikperformance, die man als archaisch, aber auch als hochmodern empfinden kann, wenn man an Mauricio Kagels Experimente denkt. Viele Straßenmusikanten sind Studenten der Musikhochschule. Sie verlegen ihre Übungsstunde auf die Straße, um ein wenig Geld einzunehmen. Keiner schämt sich deswegen. Es ist selbstverständlich in dieser neuen oder erneuerten alten Kultur der Straße. Aber manche, die nur zwei, drei kleine Münzen in ihrer Schachtel haben, scheinen alles zu vergessen und gehen ganz in ihrer Musik auf.

Auch die Straßenmaler sind da, bärtige Gestalten mit kreidigen Fingern, die sich auf zarte Madonnengesichter spezialisiert haben. Nicht weit von ihnen entfernt breiten Schmuckhändler ihre Ware auf der Straße aus, und vor manchen Geschäftseingängen sitzen Bettler. Amputierte sind darunter, Kriegsverletzte vielleicht, oder Opfer des Verkehrs. Manche haben Tiere bei sich, geduldige, melancholische Hunde oder einen verängstigten kleinen Affen. Auf handbeschriebenen Pappkartons betteln sie tierliebende Passanten um Geld für Futter an. Einige zittern unaufhörlich mit den Händen und wackeln mit dem Kopf. Man kann nicht erkennen, ob es das Symptom einer schweren Krankheit ist oder die Ausübung einer alten Bettlerkunst. In der Schildergasse, vor dem phallischen Brunnen gegenüber dem Eingang des Kaufhofes, steht ein Wanderprediger, der zu irgendeiner amerikanischen Sekte gehört. Angegafft von einigen Jugendlichen, schreit er mit seiner beträchtlichen Stimmkraft eine Aufforderung zur Umkehr, Buße und Erneuerung des Glaubens über die Köpfe der Passanten hinweg. Ein Stück weiter, Richtung Neumarkt, ist vielleicht auch Klaus der Geiger zu sehen, ehemaliger erster Geiger des Gürzenichorchesters, der es vorgezogen hat, Straßenmusikant zu werden. Er fiedelt wie ein alter Spielmann mit stampfendem Fuß und peitschenden Schlägen seines gekrümmten Bogens, und dazu singt er mit rauher Stimme seine Moritaten über die Mißstände der Welt.

Wer nach dem Widerhall noch älterer Szenen sucht, muß in der Weiberfastnacht in der Kölner Südstadt dem Lärmen der Trommeln folgen. Jackie Liebezeit, ehemaliger Drummer der einst berühmten Popgruppe Can, sammelt um sich seine Freunde und alle, die mitmachen wollen, zu einem stundenlangen, frei improvisierten Trommeln, das an seinen Höhepunkten vom ebenso ohrenbetäubenden Geschrill vieler Trillerpfeifen begleitet wird. »Drums of Chaos« nennen sich diese jährlich sich zusammenrottenden Leute. Gegenseitig trommeln sie sich in einen Rausch hinein, der es einem leicht macht, an die nächtlichen Feste des Dionysos zu denken. Berauschte, torkelnde Gestalten gibt es genug, und die Mänaden tanzen auf der Straße. Pan und die Faune sind auch da, nur darf man nicht nach Gehörn und Bocksfüßen suchen.

Wir leben nicht nur in der Gegenwart, und gegenwärtig ist nicht nur das Heute. Jedenfalls nicht in dieser sehr alten Stadt, die immer unsentimental, ja oft brutal mit ihrer Vergangenheit umgegangen ist, weil sie so viel Vergangenheit hat, und die gewiß so modern und zukunftsorientiert ist wie jede andere Großstadt vergleichbarer Größe. Eins jedenfalls ist sicher, nicht der eindimensionale technokratische Modernismus hat gesiegt, sondern überall scheinen Symbiosen aus Altem und Neuem zu entstehen, und vieles spricht dafür, daß in diesen Mischungen die Potenzen der Zukunft liegen.

Die unterirdische Stadt

Abwasserkanäle, U-Bahnschächte und Rheintunnel
1989/90

Nicht alle Besucher, die die Reste des römischen Statthalterpalastes unter dem neuen Rathaus besichtigen, scheinen von dem zentralen Ausstellungsraum aus noch eine Treppe tiefer zu steigen, um sich den römischen Abwasserkanal anzusehen. Vielleicht schreckt das Wort »Abwasser« mit seinen Anklängen an Kot, Fäulnis, Gestank und ansteckende Krankheiten viele Menschen davon ab, dem Hinweisschild zu folgen. Jedenfalls war ich bei meinen verschiedenen Besuchen da unten immer allein.

Man ist dort gut neun Meter unter Straßenniveau. Der rund 1800 Jahre alte Abwasserkanal, ein mannshoher, gewölbter Gang aus großen, roh behauenen Steinblöcken, die bei der Restauration des Bauwerks durch Ziegelmauerwerk ergänzt wurden, ist der nördliche Hauptsammler der römischen Stadt. Durch ihn floß das Schmutzwasser in den Rhein. Nachdem man die Treppe hinuntergestiegen ist, kommt man zunächst durch einen aus Beton gegossenen, gewölbten Gang, der in einem Bogen in den eigentlichen Kanal führt: eine geschickte Inszenierung, durch die man aus der Richtung gebracht wird, bevor man in das schnurgerade, etwa hundert Meter lange Demonstrationsstück tritt. Es wird nach einigen Metern noch einmal unterbrochen durch einen treppenartigen Übergang über einen Hauptsammler des heutigen Kanalsystems. Dahinter blickt man bis zum Ende des freigelegten Kanals, der von vielen, in Wandnischen und am Deckengewölbe angebrachten Lampen höchst filmisch beleuchtet wird. Hier hört man nichts mehr von der Stadt, und wer zur Klaustrophobie neigt, könnte sich in dem engen, niedrigen Gang beklommen fühlen. Vorsicht, nicht stolpern! Die Steinplatten des Bodens sind ungleichmäßig behauen und nicht ganz bündig verlegt. Dies war ja auch kein Durchgang für Menschen, sondern eine wie ein Gewölbe geformte Röhre, in deren Finsternis schmutziges Wasser floß.

Dank der effektvollen Beleuchtung, die mit Licht und Schatten die Steine modelliert, hat man den Eindruck, sich in einem geheimnisvollen unterirdischen Gang zu befinden, in dem etwas Abenteuerliches geschehen könnte. Die Geschichten, die man als Jugendlicher las, haben offenbar Spuren hinterlassen und stellen ein Reservoir für Phantasien dar. Eine Phantasie sagt: Du wirst durch diesen Gang zu einem verborgenen, wunderbaren Ort geführt. Die andere sagt: Hinter dir wird die Tür ins Schloß fallen und du bist hier unten eingesperrt. Dann wird das Licht ausgehen. Man hat dich vergessen. Vielleicht ist in der Stadt etwas passiert, das die Aufmerksamkeit aller Menschen auf sich zieht. An dich denkt niemand mehr. Du bist in einer anderen Welt.

Ich spiele manchmal mit solchen Phantasien, lasse mich versuchsweise auf ihre Stimmung ein. Man empfindet dann deutlicher, wo man ist, zum Beispiel neun Meter unter der Erde in einem engen, gemauerten Gang. Es macht danach auch mehr Vergnügen, wieder ans Tageslicht zu kommen, aufzutauchen mitten in der belebten Stadt, wo alles so ist, wie man es verlassen hat, vor weniger als einer Viertelstunde.

Natürlich sind solche Gedankenspiele nicht seriös. Ich sollte statt dessen die Leistungen der römischen Zivilisation bewundern. So solide und stabil ist dieses alte Mauerwerk, daß es in den Bombennächten des Zweiten Weltkrieges den Menschen als Schutzraum diente. Die längste Zeit war der Kanal unbenutzt, denn mit dem Ende der Römerzeit verfielen in Köln und anderswo diese bewundernswerten zivilisatorischen Errungenschaften oder gerieten unter der Erde in Vergessenheit.

Ich bin gerne hier unten. Es ist ein Meditationsraum, kahl und weltabgewandt. Man gerät so leicht ins Träumen und Phantasieren, weil es nicht viel zu sehen gibt. Ein Gang ist ein Gang ist ein Gang ist ein Gang. Bald ist das Ende erreicht, ein von einer Kette abgesperrter Notausstieg, und man muß umkehren, nun schon wieder ein bißchen süchtig nach Tageslicht und Menschenleben.

Oben, auf dem Treppenübergang über dem Hauptsammler des heutigen Kanalsystems, lese ich wieder das Schild: Bitte roten Knopf drücken. Diesmal folge ich der Aufforderung. Vor mir, unter einer großen Glasscheibe, geht ein Minutenlicht an, und in der Tiefe sehe ich eine dunkle Bewegung, das stetige Fließen des Abwasserstroms. Die Scheibe ist staubig, das Licht hat eine blaßgrünliche Färbung, die Farbe des Abwassers muß ein mooriges, sumpfiges Grau sein, eine dunkle Schlammfarbe. Reste aufgelösten Toilettenpapiers treiben darin, versinken, tauchen auf, drehen sich in langsamer, taumeliger Bewegung, weichlich dem Fließen verbunden wie primitive, algenförmige Lebewesen. Nur an diesen treibenden Fetzen erkennt man die unaufhörliche Bewegung des Kloakenwassers auf seinem Weg in das Stammheimer Klärwerk. Ich starre durch die schmutzige Glasscheibe da hinunter und komme mir wie ein Voyeur vor. Dies ist der Stoffwechsel der Stadt, ihre Verdauung, ihre Selbstreinigung, das Endprodukt ihres Lebens, das normalerweise im Dunklen bleibt. Hier in dem kleinen Sichtfenster wird das Leben auf seinen nichtigsten Ausdruck gebracht.

Das Minutenlicht erlischt und entläßt mich aus der stumpfsinnigen Hypnose. Aber dieser kurze Einblick in den Untergrund der Stadt genügt mir nicht. Ich will das ganze System erkunden.

Beim »Amt für Stadtentwässerung«, so heißt die zuständige Behörde, erfahre ich, daß mit dem Bau des Kölner Kanalnetzes um 1880 begonnen wurde. Bis dahin gab es Senkgruben und Gossen, ein hygienischer Standard weit unter dem der römischen Stadt. Das heutige System ist zu 99% ein Mischsystem. Schmutzwasser und Regenwasser werden nicht getrennt, sondern fließen durch dieselben Kanäle in die Klärwerke. Das geklärte Wasser wird als Brauchwasser für industrielle und gewerbliche Zwecke verwendet, während das Trinkwasser, das in Brunnengalerien gewonnen wird oder aus Trinkwassertalsperren kommt, sein eigenes Leitungssystem hat.

Das unterirdische Kanalnetz der Stadt, durch das die Abwässer und das in den Gullys aufgefangene Regenwasser fließen, ist 2.200 Kilometer lang. Davon sind rund 500 Kilometer begehbar. Bei den übrigen 1.700 Kilometern handelt es sich um verschiedene Rohrprofile, das kleinste, inzwischen veraltete mit einem Durchmesser von 25 cm, das größte, ein druckfestes Eiprofil, das 60 cm breit und 100 cm hoch ist. Das nächst größere Profil, 70 cm breit und 120 cm hoch, gilt schon als der kleinste begehbare Kanal.

Trotz Taucheranzügen oder Wathosen muß es eine Tortur sein, in gebückter Haltung mit Handlampe und Werkzeug durch den Abwasserstrom eines solchen Rohres zu waten, um undichte Stellen oder Verstopfungen zu suchen. Bis zum nächsten Ausstieg, in der Straße kenntlich durch den Kanaldeckel, ist es mindestens 60 Meter, manchmal auch 120 Meter weit. Gase können sich bilden, und bei einem plötzlichen Wolkenbruch kann ein gewaltiger Wasserschwall ins System einbrechen. Aber natürlich geht man nicht ohne Sicherheitsvorkehrungen durch ein dunkles, von Schmutzwasser durchströmtes Rohr.

Die nicht begehbaren Profile, also die allermeisten, werden mit einer ferngesteuerten Kamera kontrolliert. Sie sitzt auf einem selbstfahrenden Wagen, der über ein abrollendes Kabel seinen Strom bezieht, oder sie wird auf einen Schlitten montiert und mechanisch durch das Rohr gezogen. Das ist im Grunde das gleiche diagnostische Verfahren wie bei einer Darmspiegelung oder einem Herzkatheter. Im Körper können Tumoren oder Kalkablagerungen die Passage verengen, im Kanalnetz entstehen Verstopfungen oder Thromben durch mitgeführte Fremdkörper oder durch Baumwurzeln, die manchmal die Rohre zerbrechen und in sie hineinwachsen können. Die alten Betonrohre sind empfindlich auch gegen den Schwefelwasserstoff, der sich bei schlechter Belüftung in den Kanälen bildet. Inzwischen werden nur noch Steinzeugrohre verwendet, die zwar teurer, aber wesentlich haltbarer sind. Allmählich wird das ganze Kanalsystem darauf umgerüstet.

Natürlich muß das Kanalsystem immer wieder von Faulschlamm gereinigt werden, der sich nicht nur in den Senkkästen absetzt, sondern wegen der geringen Strömungsgeschwindigkeit auch in den Rohren. Das geschieht mit einer kabelgesteuerten Hochdruckdüse, die auf einem Fahrzeug in den verschmutzten und verengten Kanal hineinfährt und dann mit voller Spülung wieder zurückkommt. Handelt es sich um eine kleinere Verstopfung, dann wird der Faulschlamm eimerweise aus dem Kanal herausgeschafft. Sonst steht über der Einstiegsstelle der Saugwagen. Das Gefälle ist in den niedrigen Profilen etwas stärker als in den großen, aber auch noch erstaunlich gering, denn es gibt im Stadtgebiet wenig natürliche Höhenunterschiede. Stellenweise muß das Schmutzwasser hochgepumpt werden, um in einen Hauptsammler zu gelangen, der zum Klärwerk führt. Rings um das Kanalsystem, das zum Teil in einem Schotterbett liegt, sammelt sich der Grundwasserstrom und folgt dem Gefälle der Rohrleitungen, wie Wasser, das an einem Stab herunterrinnt. Auch auf diese, man könnte sagen beiläufige

Weise trägt die Kanalisation zur Entwässerung der Stadt bei.

Außer mir sind noch ein Kameramann und ein Filmemacher zur Betriebsstelle des Amtes für Stadtentwässerung gekommen, um an einer Kanalbegehung teilzunehmen. Wir haben im Magazin Drillichanzüge, Gummistiefel und Helme empfangen und sind mit dem Dienststellenleiter, Herrn Götte, zwei Ingenieuren und einigen Arbeitern zum Theodor-Heuss-Ring gefahren, denn hier gibt es das älteste und bedeutendste Bauwerk der Kölner Kanalisation.

Es ist ein schöner strahlender Morgen Anfang August, und in den Grünanlagen zwischen Ebertplatz und Rheinuferstraße herrscht sommerliches Leben: Leute sitzen auf den Bänken oder füttern die Enten und Möwen auf dem Teich, Mütter beaufsichtigen ihre Kinder und unterhalten sich. Ringsum fließt pausenlos der Autoverkehr.

Wäre ich als Spaziergänger hergekommen, hätte ich das unscheinbare, fensterlose Betonhäuschen am Rande der Anlage nicht beachtet oder für ein Transformatorenhäuschen gehalten, aber es muß etwas mit der Kanalisation zu tun haben, denn Herr Götte schließt die Stahltür auf und geht hinein. Ich sehe ihn an ein Schaltpult treten und einen Hebel umlegen. »Für die Hydraulik«, sagt er, als er meinen fragenden Blick sieht, und weist hinter mich. Wenige Schritte entfernt klappt in der Rasenfläche langsam eine große, rechteckige, grüngestrichene Stahlplatte hoch, etwa wie eine in den Rasen eingelassene Tür, die von einer unsichtbaren Kraft lautlos geöffnet wird. Darunter wird eine schmale Steintreppe sichtbar: der Einstieg in die Kanalisation.

Wir dürfen noch nicht hinunter. Erst muß die Zusammensetzung der Luft gemessen werden, denn unten können sich giftige oder explosive Gase bilden. Rauchen ist verboten, überhaupt jedes offene Feuer. Die Ingenieure haben funkensichere Lampen dabei wie Bergleute.

Es kommt Entwarnung. Wir dürfen hinunter. Nicht, daß uns atemfrische Luft empfinge. Ein modriger, fauler Brodem weht uns entgegen, eine Mischung aus Fäkaliengeruch und gärendem Faulschlamm, ein wenig kühler als die Außenluft. Aber es ist erträglich, weil sich die vielen spezifischen Gerüche im Abwasserstrom zu einem dumpfen Mittelwert vermischen. Mit anderen Worten: ein abgerundetes Bukett.

Am Fuß der Treppe kommen wir an einem kleinen Vorraum vorbei, ehemals wohl ein Materiallager oder Werkzeugraum, und stehen unversehens in einem hallenartigen Gewölbe. Der Raum, 4,60 Meter hoch und 3,70 Meter breit, ist hell, man könnte sagen festlich beleuchtet, denn er stellt das Renommierbauwerk der Kölner Kanalisation dar. 1890, rund sieben Jahre vor dem großen Kaiserfest auf dem Ring, wurde es eingeweiht. Davon zeugt noch eine marmorne Wandtafel mit Namen von Leuten, die sich um den Bau der Kanalisation verdient gemacht haben, unter ihnen der Stadtbaurat Stübben, der die Kölner Ringe und die angrenzenden Viertel der Neustadt entworfen hat.

Das Gewölbe ist eine erstklassige Maurerarbeit. Man sieht es an der Klarheit und Genauigkeit der Fugen und der Linienführung des Mauerwerks. Der Raum würde jedem Klosterkeller Ehre machen. Demnächst soll sogar ein Kronleuchter hier aufgehängt werden, im Auftrag der Denkmalpflege, aber wem zur Feier? Man könnte vielleicht die Szene »In Auerbachs Keller« aus Goethes »Faust« hier inszenieren, sehr sinnfällig sogar, weil der Abwasserstrom, der neben dem begehbaren Raum in einem gemauerten Bett fließt, einen unterweltlichen, höllischen Aspekt in die Szene brächte.

Der Strom kommt aus einem engeren, aber auch noch bequem begehbaren Gewölbe in die erleuchtete Halle, durchfließt sie und biegt in einem flachen Winkel in ein anderes Rohr ohne Gehweg ab. Die dunkle Brühe mit den weißen Papierresten fließt langsam, denn das Gefälle ist äußerst gering: auf einem Meter Strecke beträgt es nur einen viertel Zentimeter. Es gibt sogar noch flachere Gefälle. Und doch hat der Strom die Kraft, das Abwasser durch den sogenannten Rheindüker zu schieben, eine absteigende und wieder aufsteigende Rohrleitung nach Art der berühmten kommunizierenden Röhren, die auf der Stromsohle durch den Fluß führt und im Stammheimer Klärwerk endet.

Düker ist übrigens ein altes niederdeutsches Wort und bedeutet Tauchente. In den Dükern, die wichtige Bauelemente des Kanalsystems sind, taucht der Kanal unter Hindernissen hinweg, von denen sein Weg gekreuzt wird, das umgekehrte Prinzip wie beim Treppenübergang im römischen Abwasserkanal, der über den heutigen Kanal kreuzungsfrei hinwegführt. Auch die Unterwelt der Kanalisation hat ihre Knotenpunkte und Verkehrsprobleme.

Und sie hat auch ihre dramatischen Geschichten. Als 1981 der elfjährige Sohn des Kölner Finanzmaklers Dr. Erlemann, der gerade wegen Steuerbetrugs in Untersuchungshaft saß, entführt wurde, entkamen die Entführer mit einem Paddelboot durch einen Randkanal des Kölner Kanalsystems. Es hatte starke Regenfälle gegeben. Deshalb mußten sie erst einige Tage warten, bis der Wasserstand fiel und der Kanal wieder befahrbar wurde. Dann dirigierten sie Frau Erlemann über mehrere Stationen zu einer Streusandkiste mit herausziehbarem Boden, die über einem offenen Kanaldeckel stand. Frau Erlemann warf nachts die beiden Taschen mit dem Lösegeld in die Kiste, und die Entführer, die mit ihrem Boot im Kanal warteten, fingen unten die Taschen auf und paddelten davon, um weit vom Tatort entfernt wieder an die Oberfläche zu kommen. Eine geniale Planung, aber eine minderwertige Ausführung. Denn die Entführer ließen einen kleinen Anker im Kanal zurück, und so kam man ihnen schließlich auf die Spur. Das Geld steckte in zwei Propangasflaschen, die die Polizei in der Firma der Entführer beschlagnahmte, ohne schon zu wissen, was sie da in der Hand hatte.

Inzwischen haben der Kameramann und der Filmemacher ihre Probleme besprochen, und wir brechen zu einer kleinen Kanalwanderung auf. Zunächst in das Kanalprofil, aus dem der Abwasserstrom des sogenannten Hauptsammlers kommt. Hier ist es dunkel. Vor mir geht ein Ingenieur und leuchtet mit seiner Handlampe den Boden ab, zeigt mir Wasserpfützen und Schlammbahnen. Alles ist glitschig hier. Man muß kurze Schritte machen und ein wenig vorgebeugt gehen, auch weil der Boden von der Wand zum Abwasserstrom ein wenig abfällt, damit stehendes Wasser abfließen kann. Neben uns ist ab und zu ein Plätschern und Glucksen zu hören. Dann hat in den Häusern am Theodor-Heuss-Ring jemand die Toilettenspülung gedrückt oder sein Badewasser abgelassen. Es kann auch das Wasser aus einer Spülmaschine oder einer Waschmaschine sein. Der Ingenieur leuchtet in die träge, dunkle Strömung und zeigt uns einen Strudel. Dort mündet unter dem Wasserspiegel ein Seitenkanal in den Hauptsammler. In dem leicht halligen Raum hört man das Klappern der Kanaldeckel, über die die Autos fahren. Hier sollte man nicht versuchen, aus der Kanalisation auszusteigen. Man riskierte seinen Kopf. Wenn die Arbeiter in die Kanalisation hinabsteigen, wird die Einstiegsstelle mit rot-weißen Stellzäunen und blinkenden Warnlampen gesichert.

Wir sind weiter gegangen bis zu einer Stelle, wo sich der Kanal gabelt und zwei Abwasserströme sich vereinen. Dort stehen wir auf dem schmalen Fußsteig und leuchten in das Dunkel der Rohre hinein. Das Profil verengt sich, und es gibt keine seitlichen Fußsteige mehr. Wenn man weiter wollte, müßte man in das Kloakenwasser steigen und gegen den Strom waten, gebückt, mit dem Kopf dicht unter dem Gewölbe. Wir stehen hier eine Weile wie an einer Grenze, leuchten mit den Handlampen in die Finsternis hinein und kehren um.

In der Ferne ist das helle Licht des Einstiegsbereichs, von dem wir ausgegangen sind, die große, repräsentative Empfangshalle der Unterwelt. Hier biegt der Abwasserstrom auf dem Weg zum Rheindüker in ein engeres Rohr ab. Wir steigen ein paar Stufen tiefer und kommen in einen geräumigen gewölbten Gang, der als Auffangkanal für plötzlich auftretende Wassermassen dient, die die Kapazitäten der Kanalisation überfordern. Das kann bei wolkenbruchartigen Regenfällen schnell geschehen, denn wegen der vielen asphaltierten und gepflasterten Flächen im Stadtgebiet wird das Regenwasser nicht im Erdreich aufgefangen, um dann langsam ins Grundwasser zu sickern, sondern fließt ungehemmt in Minutenschnelle durch die Gossen und die Gullys in die Kanalisation, wo es sich mit dem normal anfallenden Schmutzwasser mischt. Es würde im gesamten System zu Rückstaus und Überflutungen der angrenzenden Keller, vielleicht sogar der Straßen kommen, wenn es keine Überlaufkanäle gäbe. Durch sie fließt die plötzlich überschwappende Flut aus Schmutz- und Regenwasser in den Rhein, bis der Andrang nachläßt und die Hauptsammler des Systems den Abwasserstrom wieder fassen können und zum Klärwerk leiten.

Im ganzen Stadtgebiet, von Godorf im Süden und Langel im Norden, gibt es viele solcher Rheinauslässe auf beiden Seiten des Stroms. Manchmal sind es nur Rohre, manchmal gemauerte Gänge mit unterschiedlichen Profilen. Der, durch den wir gehen, unter dem Theodor-Heuss-Ring, ist mit 2,90 Meter Breite und 5,50 Meter Höhe der größte Auffangkanal. In den stets sehr kurzen Stoßzeiten, in denen die Kanalisation überläuft, mischen sich das Regenwasser und das Schmutzwasser in seiner normalen Zusammensetzung in einem Verhältnis von 6 zu 1. Das gibt eine Vorstellung von dem plötzlichen gewaltigen Schwall, der dann durch die Rohre kommt und über die Trennmauern in die Überlaufkanäle fließt. Dieses System soll geändert werden. Ein umfangreiches Modernisierungs- und Reparaturprogramm ist vorbereitet für die nächsten Jahre. Allein 270 Millionen Mark sollen im kommenden Jahr in die Kanalisation investiert werden, und in den folgenden Jahren jeweils 200 Millionen Mark. Wie hat man eigentlich den Bau des ganzen Systems finanziert? Ich werde schwindelig bei solchen Zahlen.

Der Gang bis zum Rheinauslaß bei der Bastei ist 270 Meter lang. Das kann einem in der Dunkelheit auf dem unebenen, glitschigen, von Schlammspuren und Wasserrinnsalen bedeckten Boden als ein weiter Weg erscheinen. Wir gehen wieder im Gänsemarsch im unruhigen, fleckenhaften Lichtschein der Handlampen. Von der Decke tropft es. Vor zehn Tagen ist dieser Auffangkanal überflutet worden, wenn auch nur wenige Minuten. Aus dem Mauerwerk treten wie in einer Tropfsteinhöhle Salzkristalle hervor. Hier soll es auch Ratten geben, die vom Rheinufer hereinkommen. Im Eingangsbereich habe ich sogar rudimentäre, von Feuchtigkeit beperlte Spinnenetze gesehen. Wovon leben hier Spinnen? Das Plätschern der Abwässer ist hier nicht mehr zu hören, wohl aber das Klappern loser Kanaldeckel und der Deckel der Entlüftungsschächte.

Die Anekdote vom Wettstreit des Dombaumeisters und des Teufels fällt mir ein. Der Dombaumeister hatte mit dem Teufel gewettet, der Dom würde vollendet sein, bevor es dem Teufel gelänge, eine geschlossene Wasserleitung von der Eifel nach Köln zu bauen. Eine so riskante Wette konnte der Dombaumeister nur abschließen, weil er als einziger das technische Geheimnis der römischen Kanalbauer kannte. Die Leitung, die der Teufel baute, war zwar bald fertig, aber das Wasser floß nicht stetig und kam nicht in Köln an. Mit vielen Täuschungen und Versprechungen machte sich der Teufel daraufhin an die Frau des

Dombaumeisters heran und brachte sie dazu, ihrem Mann, der vor lauter Sorgen im Schlaf redete, das Geheimnis zu entlocken. Man mußte in gewissen Abständen Luftauslässe in die Leitung bohren, dann floß das Wasser. Inzwischen ist es uns ebenso selbstverständlich, daß der Dom nie fertig wird, wie wir daran gewöhnt sind, daß Wasser aus der Leitung kommt. Auch wenn es des Teufels Triumph sein sollte, läßt sich damit leben.

Hinter mir höre ich den Kameramann und den Filmproduzenten über die Anzahl der Scheinwerfer und Stromaggregate diskutieren, die sie benötigen, um hier unten zu filmen. Was für einen Film sie machen wollen, scheinen sie noch nicht genau zu wissen. Wir sind bei einer schmalen Galerie angekommen, die den Gang als ein Querriegel unterbricht. Das Bauwerk wirkt wie ein Element aus einer der Kerkerphantasien von Piranesi, nur daß es immer im Dunkel liegt. Edgar Allan Poes schwarze Phantasie hätte hier Motive gefunden.

Der Gang scheint ein etwas stärkeres Gefälle zu bekommen und schwenkt nach halblinks ab, und gleichzeitig bleibt die Kolonne stehen. In einiger Entfernung vor uns sehen wir ein helles Halbrund, das für unsere an die Dunkelheit gewöhnten Augen von gleißender Schärfe ist. Ganz schwarz, wie hineingestempelt in die Helligkeit, schwimmt dort die Silhouette einer Ente. Hinter ihr ein pausenloses glitzerndes Fließen, das ich erst nach einem Augenblick des Staunens als den Rhein erkenne. Im Näherkommen sehe ich, daß die Ente noch im Kanal schwimmt, wie im Stillwasser einer überdachten Bucht. Je höher der Wasserstand ist, um so tiefer kann sie in den Kanal hineinschwimmen. Die Fische tun das vermutlich auch.

Rückmarsch nach einigen Minuten und Ausstieg aus der Kanalisation. Wir sind wieder in den Anlagen des Theodor-Heuss-Ringes. Langsam schließt sich die große Deckplatte über dem Einstieg. Schluß der Vorstellung. Wir setzen die Helme ab und steigen aus den beschmutzten Gummistiefeln. Um uns der helle, sommerliche Tag.

Und nun ist es eine laue Sommernacht, und ich sitze auf einer Bank in der Schildergasse nahe beim Neumarkt und habe noch eine Viertelstunde Zeit, bis ich zum Treffpunkt muß, unten in der U-Bahnstation Neumarkt, die wie alle U-Bahnstationen um 2 Uhr nachts bis 4 Uhr morgens geschlossen wird. In der zweistündigen Betriebspause will ich mit Dr. Ross, dem Pressereferenten der Kölner Verkehrsbetriebe, und dem Fahrdienstleiter der U-Bahn einen Rundgang durch die Tunnel und Bahnhöfe des innerstädtischen Verkehrsnetzes machen. Im Augenblick finde ich es fast schade, gleich unter die Erde zu müssen. Es ist angenehm, hier zu sitzen in der milden Luft und der nächtlichen Stille dieser tagsüber so belebten Geschäftsstraße. Viele Schaufenster sind durch heruntergelassene Gitter gesichert und noch beleuchtet. Aber die vereinzelnten Passanten, die noch vorbeikommen, bleiben nicht mehr stehen. Fühlen sie sich fehl am Platze? Wenn sie in einer Seitenstraße verschwinden, sieht es so aus, als machten sie sich davon, und wie eine Antwort darauf vertieft sich der Eindruck der Kulissenhaftigkeit des ganzen Straßenraums. Plötzlich erlischt vor mir eine Schaufensterfront. Auch weiter hinten in der Straße haben sich einige Beleuchtungen automatisch ausgeschaltet. In den oberen Stockwerken sind alle Fenster seit langem dunkel. Vermutlich sind überall die Alarmanlagen eingeschaltet. An der Fassade des Geschäftshauses mir gegenüber sehe ich über dem Eingang die Sirene. Zeit zu gehen jetzt.

Im Fußgängerbereich des Bahnhofs Neumarkt schließen die letzten Verkaufsstände, eine Reinigungskolonne in orangefarbenen Sicherheitsanzügen hat mit ihrer Arbeit begonnen. Dr. Ross ist schon da. Der Fahrdienstleiter, der oben bei der Haltestelle der Straßenbahn gewartet hat, kommt hinter mir die Treppe herunter. Wir gehen einen Stock tiefer auf den Bahnsteig. Gerade fährt der letzte planmäßige Zug ein, der Lumpensammler, der die letzten Fahrgäste aufnimmt und in Richtung Chorweiler fährt. Zu meinem Erstaunen ist er brechend voll. Müde, meist junge Gesichter blicken aus den Fenstern. Danach kommt ein leerer Zug, der ins Depot fährt und keine Fahrgäste mehr mitnimmt. Wir sind angemeldet und steigen ein. Jetzt werden bald an allen Stationen die Rollgitter für zwei Stunden heruntergelassen. Außer den Reinigungs- und Reparaturkolonnen soll in den nächsten zwei Stunden niemand im System sein. Doch die Stadtstreicher, die hier nachts Unterschlupf suchen, schleichen sich schon vorher ein und sind nur mit Gewalt zu vertreiben.

Unser Zug fährt in ein Wendedreieck hinter der Haltestelle Dom / Hauptbahnhof und setzt uns dort ab, bevor er mit einem Kavaliersstart davonfährt: Richtung Depot. Wir sehen die Lichter des letzten Wagens im Dunkel des Tunnels verschwinden, hören irgendwo im System das rollende Fahrgeräusch eines anderen Zuges sich verlieren und beginnen mit unserer Wanderung durch die nun verkehrsfreien Strecken.

Wir gehen auf einem schmalen Bohlenweg an den tiefer gelegenen Gleisen und ihrem Schotterbett entlang. Der Fahrdienstleiter geht voraus und schaltet die Beleuchtungen der jeweiligen Streckenabschnitte ein und aus. Wir wandern zwischen rohen, grauen Betonmauern unter einer unterschiedlich hohen Decke entlang. An einigen Stellen steigt die Decke in einem flachen Winkel bis unter Straßenniveau. Früher, als weitere Bauabschnitte noch nicht fertig waren, befand sich dort eine Ausfahrtrampe. Meine Begleiter erklären mir, wo wir sind. Hier, hinter der Betonmauer, stehen die gewaltigen Fundamente des Domes. Über unseren Köpfen sind die bekannten Straßen und Gebäude der Innenstadt. Die vertrauten Namen klingen seltsam in der fade beleuchteten, eintönigen Tunnelwelt, in der es nichts Individuelles zu sehen gibt, nur die geraden Strecken und weiträumigen Kurven zwischen dem Grau der Wände und die roten, gelben oder grünen Signallampen im Dunkel der Schächte. Wo die Strecke sich gabelt oder eine andere Linie in die Strecke einmündet, sieht man die Gleise als ein immer schwächeres metallisches Schimmern in der Schwärze des Stollens verschwinden.

Man erklärt mir die technischen Einrichtungen: die Stromleitungen an der Tunneldecke, die ständig von Gewichten straff gespannt werden, damit die Stromabnehmer der Züge gleichmäßigen Kontakt haben, die Versickerungsschächte gegen Wassereinbrüche, die Feuerlöschanlagen, die Überhöhungen der Kurven, die den Wagen schräg stellen, um die Fliehkräfte aufzufangen. In scharfen Kurven läuft innen neben den Gleisen noch ein Gegenhalt, so daß die Räder der Züge wie von einer Zwinge beidseitig geführt werden und nicht entgleisen können. Ein automatischer Schmiermechanismus verringert den Reibungswiderstand und verhindert eine zu starke Erhitzung der Gleise, die zu Verformungen führen könnte. Die Gleise sind weicher als die Räder, ein Unterschied, der das Gleiten verbessert und die Schleifgeräusche vermindert. Je nach Beanspruchung hat ein Gleis eine Lebensdauer von fünfzehn bis zwanzig Jahren, in Kurven nur zehn Jahre. Es muß immer wieder nachgeschliffen werden, damit es spiegelglatt bleibt, und so wird es allmählich durch den Verschleiß und die Schleifarbeiten immer flacher.

Wir kommen an einer Transformatorenstation vorbei, die den Starkstrom von 10.000 Volt in 850 Volt starken Fahrstrom umwandelt. Die Züge fahren auf freier Strecke mit siebzig Stundenkilometern und erzeugen im Tunnel einen Fahrtwind, bei dem man sich, auch wenn man sich fest gegen die Wand preßte, auf dem Bohlenweg nicht halten könnte. Neben der Strecke läuft die Funkleitung, über die die Zentrale und die Zugführer ständig miteinander sprechen können.

In den morgendlichen und abendlichen Stoßzeiten ist auf den meisten Strecken die Zugfolge sehr dicht. Oft beträgt der Abstand zwischen den Zügen weniger als eine Minute. Die Züge fahren in der grünen Welle, die vor ihnen herläuft und das Tempo bestimmt, und stellen über ihre Elektronik selbsttätig die Weichen. Kontrolliert und gesteuert wird der gesamte Verkehrsfluß im Tunnelsystem von einem zentralen Computer, der durch kleinere Computer an der Strecke und in den Zügen die Meßdaten bekommt und seine Kommandos gibt. Die Zugführer nennen die Computer, die ihnen gelegentlich das Kommando abnehmen, die »Blechidioten«. Fährt ein Zug zu schnell in eine Kurve ein oder unterschreitet er den Sicherheitsabstand, wird er automatisch gebremst. In Notfällen kann die Bremsung mit solcher Gewalt erfolgen, daß im Zug niemand, der sich nicht festhält, auf den Beinen bleibt. Aber das ist immer noch besser als ein Auffahrunfall. Auch für den Mechanismus der Zwangsbremsung haben die Zugführer einen eigenen Begriff. Sie nennen die Vorrichtung »Die Granate«, denn ihre Wirkung ist ungefähr so, als sei der Zug auf eine Mine gefahren.

Es gibt natürlich immer wieder mal einen Unfall. In den Anfangsjahren des U-Bahnbetriebes ist es vorgekommen, daß Jugendliche die Faltenbälge zwischen den Wagen angezündet haben. Im Fahrtwind brach dann schnell ein Feuer mit starker Rauchentwicklung aus. Der gesamte Verkehr mußte gestoppt werden, und alle Fahrgäste wurden aus dem Tunnel hinausgeführt. Inzwischen sind die Faltenbälge aus einem nicht brennbaren Material. Immer wieder kommt es auch vor, daß sich Selbstmörder vor einen Zug werfen. Sie stehen am Anfang des Bahnsteigs, unsichtbar für den Fahrer des Zuges, der noch mit ziemlicher Geschwindigkeit aus dem Tunnel herauskommt, um

U-Bahnstation während der nächtlichen Betriebspause,
einfahrender Leerzug

in die Station einzufahren. Manchmal fallen auch Betrunkene auf die Gleise, aber glücklicherweise nicht gerade dann, wenn eine Bahn einfährt und nicht an dieser unübersichtlichen Stelle.

Es ist ein seltsamer Eindruck, wenn wir uns auf unserer Wanderung durch die U-Bahntunnel einer Station nähern: Die Bahnsteige sind menschenleer, liegen aber in vollem Licht. Es lohnt sich nicht, für kurze Zeit die Beleuchtung abzuschalten, denn die Erwärmung der Röhren kostet mehr Energie, als man sparen würde. Außerdem kommen ja während der Betriebspause die Reinigungskolonnen durch. Auf manchen Bahnsteigen, die wir passieren, haben sie gerade mit der Arbeit begonnen. Die Abfallkästen quellen über, und auf den Bahnsteigen liegen Berge von zusammengefegtem Müll aus Flaschen, Plastikbechern, Zigarettenpackungen, Zeitungen und sonstigem Papier. Die Reinigungsdienste arbeiten auch tagsüber in den Stationen, um sie einigermaßen sauber zu halten. Aber in den letzten Stunden vor der Betriebspause schwillt die Müllflut so gewaltig an, daß in der Betriebspause manche innerstädtische Stationen wie Deponien wirken. In der Station Neumarkt, deren Fußgängerbereich täglich von 140.000 Menschen durchquert wird und in der täglich 80.000 Menschen in die Züge steigen, muß der gesamte Fußboden, ein Kunststoffbelag mit rutschfestem Noppenmuster, jeden Tag gewischt werden. Neuere Schätzungen haben inzwischen ergeben, daß der Publikumsverkehr noch ständig zunimmt.

Wir sind vom Ebertplatz zum Friesenplatz gewandert, einer mehrstöckigen Station, dann umschließt uns wieder die Monotonie des Fahrschachtes. Näherkommend hören wir im Bahnhof Appellhofplatz ein scharfes metallisches Geräusch. Ein Schleifzug ist bei der Arbeit. Ungestört davon schlafen auf den Bänken die Stadtstreicher, die sich diesmal hier eingeschlichen haben. Sie wechseln häufig die Station, in der sie nachts Unterschlupf suchen, damit man sie schlechter kontrollieren kann. Zwei sitzen noch auf einer Bank, sackartig gegeneinander gesunken, die leeren Flaschen zu ihren Füßen und die noch nicht ganz geleerten in Griffnähe neben sich. Andere liegen unter ihren Mänteln, mit dem Gesicht zur Wand gekehrt. Einer hat einen Stoß Zeitungen als Kissen unter dem Kopf. Seine Schuhe hat er zum Lüften neben die Bank gestellt. Flaschen liegen umher. Bierflaschen, Rum oder Wermut. Es ist ein dumpfes, animalisches Bild in der hellbeleuchteten Szenerie des U-Bahnhofs. Wie große formlose Bündel liegen sie da, ohne sich zu rühren, während der Schleifzug langsam und funkensprühend weiter in den Tunnel hineinfährt. Wer weiß, als was er ihnen in ihren Träumen erscheint.

Noch eine kurze Wanderung, wortlos jetzt, weil es nichts mehr zu erklären gibt und wir alle müde sind. Es ist kurz vor vier, als wir die Station Neumarkt erreichen, unseren Ausgangspunkt. Bald werden die Rollgitter an den Treppen hochgefahren. Die Schalter werden geöffnet, die ersten verschlafenen Fahrgäste stellen sich ein. Entweder kommen sie von der Arbeit oder sind auf dem Weg dorthin. Noch ist es Nacht. Aber bald wird es heller werden, und die Vögel werden zu singen beginnen. Das werde ich noch hören, wenn ich zu Hause bin.

Das ehrgeizigste Ingenieurswerk des unterirdischen Köln besichtige ich zuletzt. Es ist der Rheintunnel, der auf der nördlichen Seite der Hohenzollernbrücke unter der Stromsohle hindurchführt. Der Tunnel wurde gebaut, um überschüssige Fernwärme von den linksrheinischen Heizwerken ins rechtsrheinische Stadtgebiet zu transportieren. Der technisch höchst komplizierte Tunnelbau ist eine sehr anspruchsvolle Lösung dieses Problems. Man hätte auch eine Rohrleitung durch das

Flußbett legen können. Aber das hätte bei Niedrigwasser vielleicht die Schiffahrt beeinträchtigt und auf alle Fälle große Schwierigkeiten bei der Wartung der Leitung mit sich gebracht. Der begehbare Tunnel ist dagegen pflegeleicht, und er ist so dimensioniert, daß er in Zukunft auch noch andere Installationen aufnehmen kann.

Der Rhein ist an dieser Stelle etwa 400 Meter breit. Die Tunnelröhre mißt zwischen ihrem linksrheinischen und ihrem rechtsrheinischen Einstiegsschacht 461 Meter, hat einen Innendurchmesser von drei Metern und liegt vier bis sechs Meter unter der Stromsohle und ca. 14 bis 15 Meter unter dem durchschnittlichen Wasserspiegel. Auf jedem ihrer 3,30 Meter langen Rohrsegmente lastet ein Druck von 116.000 Kilogramm.

Der Baubeginn der Einstiegsschächte war der 8. Juni 1984. Am 8. Oktober begann der Tunnelvortrieb von der rechtsrheinischen Seite aus. Geplant war, im Januar 1985 den linksrheinischen Zielpunkt zu erreichen. Aber wegen unvorhersehbarer Schwierigkeiten konnte der Durchstich zum linksrheinischen Einstiegsschacht erst am 12. Juni 1985 erfolgen. Zehn Facharbeiter hatten ein Jahr lang in zwei Schichten, auch an den Wochenenden, mit ihrem schweren Spezialgerät gearbeitet, hinter dem Bohrschild mit der fünfarmigen Riesenfräse, die sich langsam durch das Kiesbett des Rheines fraß, auch unter körperlich strapaziösen Bedingungen. Hinter der Fräse und bei der Entfernung störender Gesteinsbrocken mußten sie sich den zwei Atmosphären Überdruck aussetzen, die in der Druckkammer hinter dem Bohrschild herrschten; danach mußten sie zwei Stunden lang in einem leichten Unterdruck dekomprimiert werden, bevor sie sich wieder an den normalen atmosphärischen Druck adaptieren konnten.

Nach den Tunnelbauern kam dann das Team für den Innenausbau der Röhre, und damit war die dramatische Bauphase vorbei. Die gesamte Bauzeit betrug eindreiviertel Jahr. Die Baukosten beliefen sich auf knapp 16 Millionen Mark, einige Millionen mehr, als veranschlagt waren, wegen der trotz aller Bodenproben unvorhergesehenen Schwierigkeiten. Der Tunnel gilt als Pionierwerk der Ingenieurskunst. Ich wollte mir erklären lassen, warum.

Am rechtsrheinischen Einstiegsschacht beim Kölner Messegelände treffe ich mich mit Ingenieur Deuker, dem Planer und Projektleiter des Rheintunnels. Ich merke ihm an, daß solche Führungen für ihn zu den eher lästigen Pflichten gehören. Er beschäftigt sich wohl lieber mit schwierigen technischen Entwurfs- und Planungsarbeiten und schlägt sich auf den städtischen Großbaustellen mit den auftretenden Problemen herum. Der Bau des Rheintunnnels ist der Höhepunkt seiner bisherigen beruflichen Laufbahn gewesen. Bei einer solchen Aufgabe, sagt er, frage man nicht mehr nach der Arbeitszeit. Das Projekt lasse einen nie los. Man lebe damit, Tag und Nacht. Ich glaube, er weiß, daß ich das verstehe.

Der oberirdische Teil des Einstiegsschachtes hat die Unauffälligkeit eines technischen Funktionsbaus: rohe Betonwände, Entlüftungsschlitze, eine schwere Stahltür, die eines Bunkereingangs würdig ist. Wir steigen auf einer Treppe aus Stahlrosten 25 Meter in die Tiefe. Im Unterschied zu dem runden Einstiegsschacht der anderen Stromseite hat man diesem Raum eine Elipsenform gegeben, weil das mehr Platz für Geräte ließ. Hier unten standen die sechs hydraulischen Pressen, die jede mit einem Druck von 300 Tonnen den Rohrstrang samt dem 64 Tonnen schweren Bohrschild und dem Leitstand der Anlage durch das Kiesbett des Stromes schoben.

Ich will wissen, wie ich mir das vorzustellen habe, und lasse mir noch einmal erklären, daß die Vortriebsanlage aus dem

Bohrschild mit der Riesenfräse, einem fünfarmigen Schneidrad, besteht. Dahinter ist eine Druckkammer, und davon abgetrennt folgt der Leitstand mit Luftdruckregler, Transformator und Pumpen. Anschließend kommt dann der wachsende Strang der Tunnelrohre, der von hinten entsprechend dem Arbeitsfortschritt durch Ansetzen neuer Rohre stetig verlängert wird. Der Abraum der Fräse wird nach hinten weggeschafft. Das kann über Transportbänder geschehen. In diesem Fall geschah es wegen des beigemengten Wassers über Saugrohre. In dichten lehmigen oder tonigen Böden oder in kleinförmigem Geröll macht der Abbau wenig Probleme. Aber ein Tunnelvortrieb unter einem Gewässer und mit geringer Bodenüberdeckung oder gar einem lockeren, großförmigen Kiesboden gehört zu den schwierigsten Bauvorhaben überhaupt. Das eiszeitliche Kiesbett der Rheins überbot alle bisher bekannten Schwierigkeitsgrade. 317.000 Gesteinsbrocken gerieten in die Steinfänge vor den Absaugrohren und 78.000 unüberwindliche Findlinge, die den Tunnelweg blockierten, mußten unter extremen Bedingungen aus dem Flußbett geborgen werden.

Doch das waren nur zusätzliche Schwierigkeiten, nicht das diffizile technische Problem, das es zu lösen galt. »Damit die Fräse arbeiten konnte und es keine Material- und Wassereinbrüche in die Anlage gab«, so erläutert es Ingenieur Deuker, »mußte ein Druckgleichgewicht zwischen der Anlage und dem anstehenden Erdreich, der sogenannten Ortsbrust, geschaffen werden. Doch das ist in einem so grobkiesigen Flußbett, wie es der Rhein hat, kaum möglich. Sie müssen sich vorstellen, daß auch in dem Kiesbett unter der Stromsohle ein gewaltiger Grundwasserstrom fließt, der sich durch die zahllosen Hohlräume des grobkiesigen Geschiebes seinen Weg bahnt. Wenn es nicht gelingt, diese Zwischenräume zu stopfen und das ganze Material vor der Fräse zu stabilisieren, dann wird das künstlich aufgebaute Luftdruckpolster im Frontbereich der Anlage schnell zusammenbrechen. Die Luft wird durch die Wasseradern entweichen, und als Gegenschlag käme dann der katastrophale Wassereinbruch. So mußten wir also nach einer Möglichkeit suchen, das lockere, poröse Gemisch aus Kies, Schlamm und Wasser vor dem Bohrschild zu verfestigen.«

»Und was war die Lösung?« frage ich.

»Wir entdeckten in den USA ein spezielles Gesteinsmehl, das nach seinem Fundort Bentonit heißt und ein besonders starkes Quellvermögen besitzt. Damit konnten wir die lockere Geschiebemasse des Flußbettes abdichten und stützen. Zugleich hat dieses Gesteinsmehl die Eigenschaft, sich in Bewegung wieder zu verflüssigen. Es konnte also zusammen mit dem Abraum, sozusagen als Transportmedium, durch die Saugrohre fortgeschafft werden. In einer Wiederaufbereitungsstation wurde es dann vom Abraum getrennt und wieder in den Arbeitskreislauf eingepumpt.«

Ingenieur Deuker schaut mich an, ob ich alles verstanden habe, ehe er fortfährt: »Außerdem haben wir das Bentonit, das im Ruhezustand zu einer gallertartigen Masse wird, zwischen die Außenwand der Rohre und das Erdreich gepreßt, um den Reibungswiderstand beim Vorpressen des Rohrstranges zu vermindern. So konnte ein neu gefundenes Material drei Funktionen erfüllen: stützen, transportieren und schmieren.«

Wie man sich denn das Vorpressen des Rohrstranges vorstellen muß, will ich wissen. »Langsam und stetig«, sagt Ingenieur Deuker. »Im Durchschnitt haben wir am Tag 2,76 Meter geschafft, natürlich mit vielen Unterbrechungen wegen der Störungen durch die Steinbrocken. War der Rohrstrang um die Länge von zwei Rohrsegmenten vorgerückt, wurden hinten zwei weitere Rohrsegmente angesetzt. Mit dem ganzen Druck der sechs hydraulischen Pressen schob sich so der Rohrstrang mit dem Bohrschild an der Spitze immer weiter.«

»Ich verstehe«, sage ich, was ziemlich kühn ist, denn der Vorgang beansprucht meine ganze Vorstellungskraft.

Ingenieur Deuker ist zufrieden und geht zur nächsten Schwierigkeit über: »Unbegrenzt konnte das nicht weitergehen. Auch der gewaltige Druck von 1.800 Tonnen, den die Pressen gemeinsam erzeugten, hätte nicht ausgereicht, um einen immer längeren Rohrstrang durch das Kiesbett zu schieben. Und einem noch höheren Druck hätten die Rohre nicht standgehalten. Sie wären einfach zerbrochen. Deshalb haben wir alle achtzig Meter eine Dehnstufe in den Rohrstrang eingeschoben. Das sind Zwischenpressen, die von dem Schub des hinter ihnen liegenden Rohrstranges extrem zusammengedrückt und dann in dieser Position arretiert werden, so daß sie den aufgestauten Druck nur wieder abgeben können, indem sie sich nach vorne ausdehnen und die vor ihnen liegenden Teile des Rohrstranges weiterschieben. Das ist eine Bewegung ganz ähnlich der Fortbewegung einer Raupe, die sich ja auch von hinten zusammenzieht und dann nach vorne wieder streckt.«

»Und wie weiß diese Riesenraupe dort unten in dem Kiesbett eigentlich, wo sie hin muß«, will ich wissen, »wie orientiert sie sich?«

»Sie wird von einem Laserstrahl geleitet, der den Zielpunkt anpeilt, und bekommt von einem Rechner ständig Informationen, wie sich der bewegliche Bohrschild, der sich natürlich verkanten kann, neu einstellen muß.«

Ich blicke in das 461 Meter lange, hell erleuchtete, schnurgerade Tunnelrohr und kann mir nicht vorstellen, daß dieses simpel aussehende Bauwerk sich wie ein monströses Tier, nagend, spuckend, saugend, sich zusammenziehend und streckend unter dem Fluß durch den Kies und die Wasserströme gekämpft hat und genau in der vorgesehenen Öffnung des linksrheinischen Einstiegsschachtes an sein Ziel gekommen ist. Jetzt, da seine dramatische Entstehungszeit vorbei ist, ist der Tunnel ein langweiliges Bauwerk mit dem Charme eines sauber gefegten Heizungskellers. In den wärmeisolierten Leitungen neben den Rosten des Gehweges fließt die Fernwärme in Gestalt eines Wasserstromes, dessen Temperatur im Sommer 80 Grad, im Winter 130 Grad beträgt. Und das ist auch schon alles, was es hier zu zeigen gibt.

Wir sind in der Tunnelmitte stehengeblieben, bereit zurückzugehen. Irgendwo knackt es. Kein warnendes Katastrophenzeichen, sondern das Behagen erzeugende Geräusch sich dehnender Heizungsrohre. Das war's wohl. Aber Ingenieur Deuker scheint noch auf etwas zu warten. Und dann hören wir es: ein leises rhythmisches Mahlen, kaum wahrzunehmen – das Geräusch einer Schiffsschraube, irgendwo über uns: kleiner Gruß der mannigfaltigen Lebensszenerie der Stadt und des Stroms in die Einförmigkeit dieses erleuchteten Riesenrohrs.

»Fahne im Wind«, Skulptur von Masayuki Nagare,
Museum für Ostasiatische Kunst am Aachener Weiher

Geist der Götter, Geist der Dinge

Im Museum für Ostasiatische Kunst

1990

Die Konzentration der Kölner Museen in Dom- und Bahnhofsnähe schreitet fort. Dem Neubau des Römisch-Germanischen Museums, der 1974 am Roncalliplatz eröffnet wurde, folgte 1986 der spektakuläre Museumsbau zwischen Domchor, östlicher Bahnhofseinfahrt und Rheingarten, der die Bestände des Wallraf-Richartz-Museums und der Sammlung Ludwig präsentiert und unter dem Böllplatz als ein von außen nicht erahnbares Geheimnis den lichten und beschwingten Raum der Philharmonie verbirgt. Wegen seines Standortes, seiner geschickten Einpassung in die Umgebung, die zu einem vielgestaltigen Flanierraum geworden ist, wurde dieses architektonische Ensemble sofort zum Flaggschiff aller modernen Kölner Kulturbauten. Den Vorzug, den prominentesten Platz in der Kölner Innenstadt zu besetzen, kann man dem Bau mit seinen großzügigen Außenanlagen und Freitreppen nicht mehr nehmen.

Durch ihn wurde in dem schönen 50er Jahre-Bau an der Rechtsschule, kaum weniger dicht bei Dom und Bahnhof, für die seit Jahrzehnten zum größten Teil im Magazin verborgenen Schätze des ehemaligen Kunstgewerbemuseums Platz geschaffen, das jetzt anspruchsvoller, aber mit Berechtigung »Museum für angewandte Kunst« heißt. Die Sammlungen sind während der langen Jahrzehnte ihrer Auslagerung und weitgehenden Verborgenheit durch Schenkungen Kölner Bürger ständig erweitert worden, so daß 1989 die Eröffnungsausstellung im neuen Hause eine Überraschung wurde: Man war viel reicher, als man gedacht hatte.

Die Kölner Innenstadt ist damit als Ballungsraum für Museen

nicht annähernd beschrieben. Denn dicht beieinander befinden sich das Stadtmuseum, das Diözesan-Museum, das berühmte Schnütgen-Museum für mittelalterliche Kunst und Kultur in St. Cäcilien, ein Käthe-Kollwitz-Museum, archäologische Fundstätten wie das Prätorium und die Ausstellungshallen der Kölner Museen und des Kunstvereins im Josef-Haubrich-Hof. Wenn in absehbarer Zeit auch noch das Rautenstrauch-Joest-Museum für Völkerkunde, jetzt noch abseits am Ubierring gelegen, beim Heumarkt, neben der Rampe der Deutzer Brücke, ein neues Gebäude erhält, dann sind, bis auf eine Ausnahme, alle bekannten Kölner Museen in Spaziergangsentfernung zusammengerückt.

Daß das Vorteile hat, beweisen die Besucherzahlen, und die Besucherzahlen gelten als Meßwert für den Erfolg. Über die Eindrücke der Museumsbesucher sagen die Zahlen zwar nichts aus, aber Kommunalpolitiker und Stadtverwaltung brauchen Anhaltspunkte, um den Kostenaufwand von Museen und Ausstellungen legitimieren zu können, und Zahlen mit Zahlen zu vergleichen, ist auch bei völliger Unvergleichbarkeit der aufeinander bezogenen Ereignisse und Vorgänge ein beruhigendes Ritual.

Ich bin nicht gegen haushälterische Kontrolle. Bedenklich ist nur der rekordsüchtige Wettbewerb, in den die Museen, die Ausstellungsmacher und die Kulturpolitiker der Städte durch das quantitative Denken hineingehetzt werden. Das entspricht so sehr unserer Zivilisation, daß es besonders sinnvoll erscheinen mag, wenn eines der bedeutenden Kölner Museen, das wegen seiner Randlage, abseits der von Touristen überlaufenen Innenstadt, im Wettbewerb um Besucherzahlen nicht mithalten kann, auch die Anschauung einer ganz anderen, meditativeren Kultur vermittelt. Es ist das Museum für Ostasiatische Kunst, am Westrand des Aachener Weihers, in den Parkanlagen des Inneren Grüngürtels gelegen: in meinen Augen das schönste Kölner Museum, wenn ich neben den Sammlungen auch den Bau, die Umgebung und die Atmosphäre des Hauses in mein Urteil einbeziehe.

Ich weiß, dieses Urteil hat die Subjektivität einer Liebeserklärung. Und wenn man etwas liebt, kann man nicht genug davon bekommen, es anzuschauen und in seiner Nähe zu sein. Ich komme allerdings nur selten in das Museum, muß Fahrrad oder Auto benutzen, denn für einen Spaziergang ist es von meiner Wohnung zu weit entfernt. Aber es hat noch nie ein enttäuschendes, ernüchterndes Wiedersehen gegeben. Vielleicht weil ich meist absichtslos herkomme und es einfach genieße, dort zu sein, mir den einen oder anderen Gegenstand genauer anzusehen oder auch nur Tee zu trinken und durch die wandhohen Glasfenster des Foyers auf die dicht ans Haus herangezogene Wasserfläche des Aachener Weihers zu blicken.

Das Museum, eines der ältesten seiner Art in Europa, war früher zusammen mit dem Kunstgewerbemuseum in einem Haus am Hansaring untergebracht, das im Krieg zerstört wurde. Der Gründervater des Museums, Professor Adolf Fischer, gehörte noch zu den letzten abenteuerlichen Sammlerfiguren, die auf eigene Faust durch fremde Länder und Erdteile reisten, sich mit Händlern und Fälschern herumschlugen und dabei allmählich zu großen Kennern fremder Kulturen und ihrer Kunstwerke wurden. Seine erste Sammlung hatte Adolf Fischer dem Museum für Völkerkunde in Berlin übergeben. Die Sammlung seiner Ostasiatika, die den Grundstock des heutigen Museums bildet, brachte er auf zwei Ankaufsreisen zusammen, die er, ausgestattet mit Mitteln Kölner Stifter, 1909 und 1912 unternahm. Die Sammlungen sind später durch zahlreiche neue Stiftungen bereichert worden, und so war es notwendig und zukunftsgerecht, anstelle des zerstörten alten Doppelmuseums für sie einen eigenen neuen Museumsbau zu errichten. Die Stadt betraute mit dieser Aufgabe Kunio Mayekawa, einen der bekanntesten japanischen Architekten. Er war Schüler Le Corbusiers gewesen, hatte auch starke Eindrücke von Frank Lloyd Wright empfangen, dessen Architektur selbst wiederum japanisch inspiriert ist. Und er hatte schon eine Reihe von Museumsbauten und Ausstellungspavillons gestaltet, als er 1966 den Kölner Auftrag annahm.

Schwächere Künstler ahmen Vorbilder nach oder fügen einzelne Elemente der fremden Formenwelt auf eine äußerliche und bloß additive Weise ihren Werken hinzu. Kraftvolle Künstler verwandeln sich das Fremde an, lassen es aufgehen in ihrer eigenen Sprache. So ist auch ihr Verhältnis zur eigenen kulturellen Tradition. Vergangenheit wird nicht historisierend in charakteristischen Motiven herbeizitiert, sondern ist in dem ganz und gar heutigen Werk geistig enthalten, als eine nicht im einzelnen faßbare, aber spürbar weiterwirkende Kraft. Das gilt nicht mehr für die Ästhetik der Postmoderne, die, als die Kunstepoche nach dem totalen Traditionsbruch, Vergangenheit als beliebig verfügbares Spielmaterial begreift. Aber Kunio Mayekawa hat die Bindung an alte japanische und ostasiatische Kulturtraditionen nicht verloren. Aus ihrem Geist heraus ist es ihm gelungen, die moderne Sachlichkeit seines Baus zu einer Natürlichkeit und Harmonie zu vergeistigen, die nicht mehr bloß zweckmäßig ist, sondern ein Gefühl für das Richtige, Einfache und Angemessene verrät, wie es die Kultur des Zen in den Menschen zu entwickeln versucht. Auch ein Gebäude kann auf diese Weise richtig sein, übereinstimmend mit seinem Zweck, seiner Bestimmung, seinem Material und im Einklang mit der umgebenden Welt.

Mit Ausnahme des zweistöckigen, auf der Wasserseite hinter Bäumen verborgenen Anbaus, der das Magazin enthält, ist der Gebäudekomplex einstöckig und wirkt im Vergleich zu den großen alten Bäumen am Weiherufer und zu den Hügeln des Parks vor allem vom gegenüberliegenden Ufer aus unaufdringlich und bescheiden, der dominanten Horizontale der großen quadratischen Wasserfläche angepaßt. Da der größere Teil des Gebäudekomplexes im Sommer hinter belaubten Bäumen verschwindet und nur die große Glasfront des Foyers mit der vorgelagerten Terrasse zum Wasser hin offen ist, könnte man den Bau aus der Ferne fast für einen privaten Bungalow halten. Um so mehr erstaunt einen, wenn man eintritt, seine innere Weiträumigkeit. Der Ausstellungs- und Veranstaltungstrakt mit dem großen Foyer besteht aus einfachen kubischen Gebäudeteilen, die sich mit geringen Höhenunterschieden ineinander verzahnen, einander übergreifen und sich gegeneinander abstufen und innen mit deckenhohen Glaswänden einen japanischen Schaugarten umschließen.

Auch die Außenmauern sind durch Glasfronten und Fenster durchbrochen. Doch zum größeren Teil handelt es sich um geschlossene, ruhige Flächen unter einer Haut aus braunglasierten japanischen Keramikfliesen, gegen die sich streckenweise, vor allem an den niedrigen Bauteilen, wie weiße Bänder helle Betonfriese absetzen. Die braunen Fliesen der Außenhaut haben eine warme Farbe, doch unterschiedliche Helligkeitsgrade und Tonstufen. Die dunkleren Töne herrschen vor, so daß ein ruhiger Gesamteindruck entsteht. Die Auflichtungen ins Gelbliche bringen Leben hinein und nehmen den großen fensterlosen Flächen ihre Strenge. Tritt man nah heran, erkennt man verblüfft die außerordentliche Fähigkeit der braunen Farbe, andere Farben an sich zu binden, zu dämpfen und miteinander zu versöhnen. Da sind in kleinen Spuren gelbe und rote Pigmente, und mitten durch das Braun ziehen sich kräftige, blauschwarze Äderungen. Wie bei natürlichen Gegenständen, die von Moosen, Verwitterungsspuren und Alterungsprozessen gezeichnet sind, enthalten die gefliesten Wände des Museums ein reiches Mikroleben, das ihr Braun borkig aufrauht und belebt, so daß es sich dem Grün der Bäume und den wechselnden Farben des Himmels und des Wassers eigenkräftig und harmonisch zugesellt.

Tritt man dann ein, geht das Äußere nach innen mit, denn die Wände des Foyers sind mit den gleichen braunen Fliesen bedeckt, und auch der Steinboden der Museumsumgebung setzt sich innen fort. Durch die Ausstellungsräume geht man auf einem Spannteppich aus Sisal, ein angenehm natürlicher Bodenbelag, von dem sich die Sockel mit den buddhistischen Skulpturen, die einen im ersten Raum empfangen, feierlich abheben. Dann gelangt man durch eine Folge geschickt gegeneinander versetzter Räume, die sich mal weiter für einander öffnen, mal mehr abgrenzen, nacheinander in eine Ausstellung ostasiatischer Malerei, in einen archäologischen Fundstücken gewidmeten Raum, von dort in Ausstellungsräume für chinesisches und japanisches Kunstgewerbe, in einen Raum mit japanischen Stellschirmen, die als besondere Kostbarkeit gelten, und zum Schluß in einen Raum für koreanische Kunst.

Das ist die Standardordnung des Museums. Sonderausstellungen finden gewöhnlich in den drei ersten Räumen statt, die man auch als einen großen Raumzusammenhang erleben kann. Hier waren im vergangenen Jahr unter dem Titel »Entdeckungen« frühe Skulpturen der Khmer und Thai zu sehen (eine andere Ausstellung aus dem gleichen Kulturbereich gab es auch im Völkerkundemuseum). Südostasien, zunächst eher chinesisch beeinflußt, geriet seit der Zeitwende unter den beherrschenden Einfluß Indiens und hat von dort die kosmologische Religion des Hinduismus und den Buddhismus übernommen, eigentlich eine götterlose Philosophie. Doch in der sakralen Kunst vermischen sich die Gestalten. Shiva, der Gott des ewigen Kreislaufes, hat das gleiche weltferne Lächeln wie Buddha, und Buddha trägt wie Shiva das göttliche Stirnauge. Wie die Göttergestalten hat er langgezogene Ohrläppchen, verformt durch überschweren Schmuck und somit ein Zeichen vornehmer Abkunft. Aus dem Hinterhaupt wölbt sich der von kleinen Locken bedeckte Schädelhöcker, Sitz der Weisheit und traditionelles Attribut des Großen Wesens.

Auch schöne Torsen weiblicher Gottheiten waren zu sehen. Wer hatte ihnen die Köpfe abgeschlagen? Und warum hatte man das nicht bei den männlichen Gottheiten gewagt? Nur eine vierarmige Göttin aus Kambodscha hatte ihren Kopf behalten, vielleicht, weil ihr Kopfschmuck ein kleines Bild des Buddha trug.

Vielleicht war es mein eigener, geschichtlich so weit entfernter Standpunkt, der mich täuschte: In den Darstellungen Vishnus, dem Herren des Universums, und auch in Harihara, dem Gott, zu dem Vishnu und Shiva synkretistisch verschmolzen wurden, traten mir wie ferne Verwandte die Gestalten der ägyptischen Pharaonen entgegen, nur stiller, nach innen gekehrter, wie vom Schlaf umfangen.

Ich erinnere mich an eine kambodschanische Skulptur aus dem 6. Jahrhundert. Herrscherlich unter der hohen Mitra hält Vishnu in einer Hand die Erdkugel und stützt sich mit der anderen auf eine Keule. Die Augen sind blicklos und fast geschlossen. Die vollen, weichen Lippen ruhen entspannt aufeinander. Die mächtige Brust ist von einem tiefen Atemzug erfüllt und das weiche Fleisch des Bauches und der Hüften wölbt sich ein wenig über den enggeschnürten Sarong. Nie wird der Gott seine Stellung ändern. Er ist das Richtige, das Gesetz in menschlicher Gestalt, aufgerichtet zu einem ewigen Zeichen.

Dieser Figur fehlte das zweite Armpaar, das sie für mein Gefühl zu einer schrecklichen, krebs- oder skorpionartigen Dominanz gesteigert hätte. Es wird vermutet, daß sie als weitere Attribute eine Muscheltrompete und einen Kriegsdiskus gehalten hat: Zeichen der obersten Macht, die durch ihre Drohung die Ordnung des Universums erhält. Anbiederungen und fromme Nähe sind hier nicht denkbar. Der Gott ist das Ungeheuere und Schreckliche, nicht anders als die Natur.

Von der Nachtseite der Macht erzählte eine andere Ausstellung, die Anfang der achtziger Jahre einen sensationellen Fund der chinesischen Archäologie in Beispielen vorstellte. Bauern, die in der Nähe des bisher noch nicht geöffneten Mausoleums des ersten chinesischen Kaisers nach Wasser bohrten, waren dabei auf eine unterirdische Anlage gestoßen, die ein Heer von lebensgroßen Kriegerfiguren in Schlachtordnung enthielt. Nach weiteren Sondierungsgrabungen schätzt man diese unterirdische Armee auf eine Stärke von über 7.000 Mann, in der Mehrzahl Fußsoldaten in verschiedener Ausrüstung und Bewaffnung, aber auch Reiter und Kampfwagen, inzwischen 2.200 Jahre alt. Der Kaiser Quin Shihuang Di (259-210 v. Chr.) hatte im Kampf der rivalisierenden Dynastien gesiegt und war zum mächtigsten Herrscher Asiens geworden, ein Mann mit dem Zug ins Große, in seiner Politik und in seiner Selbstdarstellung, der aber eine tiefe, ins Wahnhafte wuchernde Angst vor dem Sterben hatte. Um dem Tod zu entgehen, ließ er in seinem ganzen Reich nach dem Eingang des Paradieses suchen und forschte nach einer Droge, die ihm Unsterblichkeit verschaffen sollte. Die riesige Palastwache aus lebensgroßen Kriegerfiguren, die anstelle der früheren Menschenopfer mit ihm begraben wurde, sollte ihm im Totenreich die Herrschaft über alle seine Gegner sichern.

Auch neben den Kaisergräbern der jüngeren Han-Dynastie fand man tönerne Kriegerfiguren, verkleinerte, realistische Modelle, die Auskunft gaben über die Kriegsführung jener Zeit, als man sich nach schweren Niederlagen mit einer neugeschaffenen Kavallerie gegen die barbarischen Reitervölker aus dem Norden zur Wehr setzte. Die wilden Reiter auf den kleinen, zähen Tarpangäulen waren die Vorfahren der Hunnen, die nach dem Erstarken des chinesischen Reiches ihre Expansionsrichtung änderten, in Persien einfielen, die ostgermanischen Stämme unterwarfen und nach Westen abdrängten und später unter König Attila, Schrecken verbreitend, durch Europa zogen und neben vielen anderen Städten auch Köln plünderten und verwüsteten.

Ich gehe eigentlich nie vorbereitet in eine Ausstellung. Erst kommt der Eindruck, dann seine Vertiefung und Durcharbeitung. Die hervorragenden Kataloge, die es heute gibt, helfen dabei. Am schönsten ist es, wenn man durch neue Fragen und Einfälle in neue Zusammenhänge gerät.

Die Buddhastatuen im ersten Ausstellungsraum, die mit untergeschlagenen Beinen dort sitzen und meditieren, die schöne Ordnung ihrer Gewänder und die innere Ruhe ihrer muskellosen Leiber brachten mich darauf, die Anweisungen der alten Zen-Meister über das Einnehmen der rechten Meditationshaltung nachzulesen. Ich lernte, man muß sich seines Körpers erst inne werden, ehe man ihn vergessen kann. Den rechten Sitz einnehmen, heißt, seinen Körper ordnen und ihn sich dabei bewußt machen. Nicht nur Rumpf, Gliedmaßen, Hals, Kopf und Schultern, sondern auch Zunge, Zahnreihen, Lippen, Augen werden in eine ausgewogene Ruhestellung gebracht. Dann tut man einen tiefen Atemzug und schwingt sich pendelnd in die einmal gefundene Haltung ein, bis man fest sitzt wie ein Berg. Das ist die Voraussetzung der Versenkung. Die Worte, mit denen der alte Zen-Meister Dôgen seine Anweisung zum rechten Sitzen beschließt, leiten schon hinüber in den anderen Zustand: »Man erwäge dieses Unwägbare. Denn hier liegt etwas Unwägbares vor! Wie soll man es dann erwägen? Durch das Nichterwägen.«

Es gehört inzwischen zur allgemeinen Bildung, etwas über ostasiatische, vor allem zen-buddhistische Meditation zu wissen. Aber wenn man vor der Statue eines Buddha steht, spürt man, daß das intellektuelle Bescheidwissen keine Vertrautheit bedeutet. Im Unterschied zu den mystischen Verzückungen und Gotteswonnen christlicher Heiliger, etwa der Heiligen Theresa in der Darstellung von Bernini, deren reich dokumentierte Ekstasen man heute kaum verändert in den Orgasmusschilderungen der Emanzipationsliteratur wiederfinden kann, bieten die in ritueller Haltung sitzenden Buddhastatuen keinerlei Anhaltspunkte für die psychologische Einfühlung. Als ich bei einem chinesischen Schriftsteller über einen Menschen in tiefer Versenkung las, sein Bewußtsein sei trübe und dunkel wie funkenlose Asche, hätte ich das, ohne zu wissen, was für einen Text ich vor mir hatte, für die Beschreibung einer Depression gehalten. Es war aber das Vorstadium der Erleuchtung.

Das Unpersönliche, Stille und Gefaßte der Buddhafiguren hat nicht nur geistige und religiöse Gründe, sondern im Zusammenhang damit auch besondere produktionsästhetische Voraussetzungen, wie Professor Goepper, der Direktor des Museums, im Vorwort einer Broschüre über das Museum erläutert. Die Bildhauer und ihre Gehilfen, die durch das Land zogen und im Auftrag der Tempel ihre Skulpturen schufen, besaßen einen Maßkanon, der alle Einzelheiten, beispielsweise die Länge der Ohren und die Breite der Augen, genau festlegte, denn Wahrheit und Schönheit lagen allein im überlieferten Muster begründet, nicht in der Individualität.

Nicht nur fremd, sondern unheimlich und bedrohlich wirkten die lebensgroßen Kriegerfiguren aus der unterirdischen Leibwache des ersten chinesischen Kaisers. Man kam in den dunkel ausgeschlagenen Raum wie in eine Grabkammer und sah die Figuren, angestrahlt von einem kalkigen Licht, als geisterhafte Erscheinungen. Ihrer Verborgenheit unter der Erde entrissen, waren sie in unsere Zeit gestellt worden, mit der sie nichts verband. Der kniende Bogenschütze im Lederpanzer und die drei aufrechtstehenden Krieger wirkten in ihrer stummen Unbeweglichkeit nicht ganz geheuer, und es kam mir seltsam vor, so nahe an sie heranzutreten. So hatten sie auch in ihrer Formation gestanden und waren auf einen Kommandoruf mit kurzen, gleichmäßigen Schritten vorgerückt, eine dichte, unaufhaltsame Menschenwand. Die Stilisierung der Gesichter, mit zweigeteiltem, schmalem Oberlippenbart, schrägen Augen, hochgewölbten Brauen, breiter Nase und fleischiger Oberlippe, in ihrem Schematismus auch ein Ergebnis der Massenfertigung, hatte diesen Kriegern eine abweisende Starrheit und Kälte gegeben, die vermutlich nicht weit von der Wahrheit entfernt war.

Am meisten aber faszinierte mich das Pferd, das wohl zum Gespann eines Streitwagens gehört hatte. Es wirkte in seiner Einfachheit einerseits wie ein Spielzeugpferd, aber sein geöffnetes Maul und die Prallheit seines Körpers gaben ihm eine Vitalität und Gegenwärtigkeit, daß man erwartete, es würde gleich wiehern und schnauben und seinen Kopf hochwerfen. Und dann, dachte ich, könnte man auch schon den Hufschlag hören, das dunkle Rollen der Räder, die Rufe des Wagenlenkers, das Geklirr der Waffen, die Schreckensrufe, das Kampfgeschrei, das ganze Getümmel der Schlacht.

Meistens locken mich nicht die prominenten Ausstellungen ins Museum, sondern es fällt mir nach Monaten der Abwesenheit plötzlich ein, daß es angenehm, entspannend, anregend wäre, wieder einmal für ein, zwei Stunden die Ruhe und Stille des Hauses zu genießen und durch den Ausstellungstrakt zu schlendern. Ich fühle mich angezogen von dem harmonischen Zusammenhang, den Umgebung, Gebäude und Sammlung bilden, und es würde mich dann sogar stören, wenn es eine bedeutende

Ausstellung zu sehen gäbe, die meine ganze Aufmerksamkeit beanspruchte.

Natürlich gibt es auch im Museumsalltag Neues zu entdekken. Die Neuanschaffungen und Schenkungen werden in die Ausstellung eingefügt, und manche Exponate müssen schon wegen ihrer hohen Lichtempfindlichkeit in Abständen für einige Zeit im Magazin verschwinden und werden dann durch andere, meist ebenso interessante Stücke aus den Beständen ersetzt. Es gibt auch einen Grundstock besonders kostbarer und exemplarischer Gegenstände, die das Rückgrat der Dauerausstellung und ihrer stilgeschichtlichen und handwerklichen Sets bilden. Sie geben den Ton an, bestimmen die Melodie des Ganzen. Ich nenne sie die Evergreens.

Es ist schön, bei ihnen stehenzubleiben und die alten Eindrükke aufzufrischen und zu vertiefen. Aber im Unterschied zu der unruhigen, besitzergreifenden Gier von Leuten, die nur ein einziges Mal durch eine große Ausstellung oder ein Museum gehen und nichts auslassen können, weil sie möglichst viele Eindrücke und Informationen erraffen wollen, kann man in so vertrauter Umgebung ohne Schuld- und Versäumnisgefühle an vielen Dingen vorbeigehen. Man wird ja wiederkommen, und alles wird noch da sein. Sobald man so zu denken beginnt, hat man das Museum und seine Sammlungen in den Bestand der verläßlichen Lebenswerte aufgenommen, mit denen man selbstverständlich rechnet und an denen man sich, wenn es nötig ist, immer wieder innerlich justieren kann.

Eine Zeitlang habe ich mich besonders für Lackarbeiten interessiert, vor allem für die einfachen Gebrauchsgegenstände ohne oder mit bescheidenem Dekor, nicht so sehr für die Üppigkeiten der koreanischen Perlmutteinlagen und des japanischen Goldstreudekors, die die schlichte Schönheit chinesischer Lackarbeiten luxuriös und auch technisch übertrumpfen. Auch einfache

Höllenrichter, farbige Keramik, China, 16. Jahrhundert
Museum für Ostasiatische Kunst

dekorlose Lackschalen sind mit größter Sorgfalt hergestellt. Sie brauchten mindestens fünfzehn Arbeitsgänge bis zu ihrer Vollendung. Immer wieder mußte neu grundiert, lackiert und geschliffen werden, bevor man die drei letzten Lackschichten auftragen konnte. Bei hochrangiger Lackkunst wurden mehr als dreißig vorbereitende Arbeitsgänge benötigt, bevor man mit dem Auftragen und abschließenden Lackieren des Dekors beginnen konnte.

Der ostasiatische Lack, so habe ich mich durch das im Museum bereitliegende Informationsblatt informieren lassen, ist im Unterschied zu seinen europäischen Nachahmungen ein reines Naturprodukt. Er muß zunächst gereinigt, homogenisiert und dehydriert werden, danach werden je nach seinem Verwendungszweck Öle und Farben beigemischt. Im Unterschied zu den europäischen Industrielacken trocknet der ostasiatische Lack ohne Risse nur bei relativ niedriger Temperatur und hoher Luftfeuchtigkeit, ein sehr langsamer Vorgang, der mehrere Jahre dauern kann. Schließlich aber wird der Lack so hart, daß weder Säuren noch Alkalien noch heißes Wasser ihm etwas anhaben können. Man hat völlig unversehrte chinesische Lackarbeiten gefunden, die über tausend Jahre im Wasser gelegen hatten.

Ans Phantastische grenzen die Schnitzlackarbeiten aus der Ming-Zeit, bei denen 80 bis 120 zum Teil verschiedenfarbige Lackschichten übereinandergelegt wurden, bevor der Schnitzer beginnen konnte, durch Wegschneiden und Auskerben der vielschichtigen Substanz ein üppiges Figurenwerk aus Mensch-, Tier- und Pflanzenmotiven aus der Fläche herauszuholen. Durch Abtragen einer Lackschicht kann eine darunterliegende andersfarbige Schicht freigelegt werden, so daß zu den ornamentalen Linien des Schnitzwerks auch noch flächenhafte Farbwechsel, vorwiegend zwischen Rot und Schwarz, hinzutreten. Schöne Beispiele, die man im Museum betrachten kann, sind ein

Kasten für einen Handspiegel aus dem 16. Jahrhundert und ein Reisscheffel aus derselben Zeit, einfache Gegenstände, wenn man an ihren Gebrauchswert denkt, die durch die handwerkliche Meisterschaft, mit der sie gestaltet wurden, eine neue humane Qualität bekommen haben.

Kann man täglich mit ihnen umgehen, ohne von ihnen beeinflußt zu werden? Ich glaube, die Dinge sind nicht tot, nicht machtlos, sie üben eine ständige sinnliche und spirituelle Wirkung auf uns aus. So bedauere ich es immer, wenn ich die Lackarbeiten betrachte, daß ich sie nicht in die Hand nehmen kann. Die dichten, seidenglatten Farbflächen einer Schale, eines Napfes, eines Gefäßes bieten sich dem Auge wie eine erotische Lockung an: Berühre mich, erfahre mich! Außerdem sollen manche Dinge überraschend leicht sein, auch ein Ausdruck ihrer sinnlichen Eleganz, oder müßte man sagen ihrer Geistigkeit?

Die chinesische Keramik – Steinzeug und Porzellan – beeindruckte mich auf ähnliche Weise. Meine Vorliebe galt nicht den weltberühmten blau-weißen Dekors, sondern den älteren seladongrünen Glasuren, für die es im Museum mit einem Schultertopf aus dem 11. Jahrhundert und einer Schale aus dem 12. Jahrhundert, beide mit eingraviertem, reliefartigem Päoniendekor, hervorragende Beispiele gibt. Der in der Ming-Zeit vorherrschend blau-weiße Dekor, der zum Inbegriff chinesischer Porzellanmalerei geworden ist, stammt ursprünglich aus Persien, von wo aus er im 14. Jahrhundert nach China gelangte. Wenn man das einmal weiß, spürt man noch immer den islamischen Ausdruckscharakter dieser Farbstellung, sogar beim Meißener Zwiebelmuster, das ein Import aus China ist.

Das kräftige Kobaltblau bildet den schönsten Kontrast zum makellosen weißen Spitzenprodukt der chinesischen Kultur, dessen Geheimnis lange gehütet wurde, bis Anfang des 18. Jahrhunderts in Sachsen der von August dem Starken gefangengehaltene erfinderische Apotheker Johann Friedrich Böttger zufällig im Haarpuder das Kaolin entdeckte und damit das Geheimnis entschlüsselt hatte. Da Böttger auf Befehl seines Fürsten eigentlich Gold herstellen sollte, wurde das Porzellan, das er statt dessen erfand, das Weiße Gold genannt.

Weiß ist die Nichtfarbe, auf der jeder bunte Farbtupfer zu einer sinnlichen Sensation wird, was malerische und dekorative Phantasien geradezu herausfordert. Das ist mit den gebrochenen grauen und braunen Erdfarben des Steinzeugs nicht so. Sie schlucken zu viel Licht und werden als zu roh und stumpf empfunden, um auf ihnen das bunte Leuchten der Dekorfarben zu entwickeln. Die Seladonglasuren, die das Material monochrom und deckend überziehen, gehen deshalb den umgekehrten Weg: Sie bringen den Grund nicht ausdrücklich mit ins Spiel wie die Porzellanmalerei den weißen Scherben, sondern überdecken ihn, ohne ihn ganz zu verleugnen, denn bei den erhabenen Teilen des reliefartigen Dekors, auf denen der noch flüssige Lack sich beim Auftragen verdünnt hat, schimmert die Farbe des Steinzeugs kaum merklich durch.

Seladon, so genannt nach einem stets grün gewandeten, schmachtenden Liebhaber aus einem berühmten französischen Schäferroman, ist eine graugrüne Farbe, die einen an Maisblätter oder Lauch denken läßt. Die vegetative Wärme des Grüns, etwa von Gras und jungem Laub, ist darin gebrochen. Es trägt einen Schatten in sich, einen Ton von Kälte, der die Entspannung, die man sonst beim Anblick von Grün empfindet, wie ein fremder Hauch durchkreuzt. Vielleicht konnte ich mich deshalb so schlecht davon losreißen. Ich sah das kühle Graugrün bei einer bestimmten Beleuchtung, dicht am Ufer, im Wasser des Aachener Weihers wieder, um den ich, wie meistens nach dem Museumsbesuch, noch einmal herumwanderte. Vielleicht war es nur eine Stimmung, daß ich die graue Verschattung durch die absterbenden, vermodernden, im Wasser schwebenden Substanzen hervorgerufen glaubte. Oberflächlich schimmerte das Wasser wie eine transparente Glasur.

Mit der Wasserfläche des Weihers und der umgebenden Hügellandschaft des Inneren Grüngürtels rückt die Natur dicht an das Museum heran und wird durch Fenster und Glasfronten in den Innenraum einbezogen. Im innersten Innenraum, dem von Glaswänden umschlossenen Atrium des Museums, erscheint sie noch einmal als stilisiertes Idealbild in dem japanischen Garten, der dort mit sorgfältig ausgewählten und eigens aus Japan eingeflogenen Felsbrocken und Pflanzen von dem japanischen Gartenkünstler und Bildhauer Masayuki Nagare gestaltet worden ist. Wenn ich ins Museum komme, nur um Tee zu trinken und anschließend spazierenzugehen – den japanischen Garten schaue ich mir immer an. Er ist auch unübersehbar. Unbetretbar wegen der Glaswände, bildet er den abschließenden Blickraum hinter dem Foyer.

Der Boden des Areals ist ausgelegt mit sandfarbenen kleingemahlenen Steinen. In der Mitte fließt Wasser über eine flache Treppe aus Natursteinen auf den Betrachter zu, wird dann entlang der Scheibe in einem flachen Graben beidseitig wieder zurückgeführt. Schroffe Felsbrocken, kugelig geschnittene Buchsbaumhügel begleiten den Wasserlauf. Links stehen eine Steinlaterne und eine einzelne Kiefer, rechts, weiter im Hintergrund, dicht vor der abschließenden Kulisse aus immergrünen Sträuchern, stellt eine einfache Architektur aus hellgrauem Stein ein Kloster oder einen Tempel dar.

Ich habe über japanische Gartenkunst nachgelesen und meine Vermutung bestätigt gefunden, daß ein solcher Garten ein aus zeichenhaften Grundelementen aufgebautes Idealbild der Landschaft sein will, ähnlich wie die ostasiatische Landschaftsmalerei, doch höher im Abstraktions- und Symbolisierungsgrad. Die zur

Markierung der Tiefendimension dreieckförmig angeordneten Felsbrocken stehen für felsige Berge, während die kugeligen Buchsbaumformen bewaldete Berge darstellen. Der höchste und steil aufgerichtete Felsbrocken ist der sogenannte Schutzstein, der für den Garten die gleiche Bedeutung hat wie Japans heiliger Berg, der Fujiyama, für das ganze Inselreich. Ein alleinstehender Baum, der mit seinen Ästen das Wasser übergreift, meistens eine Kiefer, wird »Baum des aufrechten Geistes« genannt, ein poetisches Wort, das deutlich macht, was man in unserer Zivilisation allzu lange vergessen hat, daß die Natur uns Bilder bietet, in denen wir ein uns gesetztes existentielles Maß finden können. Das über die Steintreppe fließende Wasser, das wie ein ungezähmter Fluß aus einem Gebirge zu kommen scheint, ist das Lebenselement des Bildes, abgesehen von einigen schwarzen stelzfüßigen Wasserhühnern ostasiatischer Herkunft, die in dem Areal, doch wohl außerhalb seiner Zeichensysteme und symbolischen Größenordnungen, herumlaufen.

Ich habe lange nicht gewußt, was mich an diesem Garten und stilisierten Landschaftsbild so stark anzog und bezauberte, bis ich mich, in der Cafeteria beim Tee sitzend, daran erinnerte, wie ich als Kind aus grünen Tüchern, Bauklötzen und Spiegelscherben Phantasielandschaften gebaut habe, die für mich auch Abbilder der Welt waren. Ganze Nachmittage konnte ich mich damit beschäftigen. Immer neue Materialien fand ich, die im Zusammenhang des Bildes eine phantastische Bedeutung gewannen. Zum Schluß stellte ich mit dem Locher meines Vaters in langer, erwartungsfroher Arbeit große Mengen von Schneeflocken her und ließ es in meiner Landschaft Winter werden.

Nach meinem Verständnis kam das aus demselben Grundimpuls, der, auf einer hohen Ebene der Formgebung und der Symbolisierung, die erlesenen Schöpfungen der japanischen Gartenarchitektur hervorgebracht hat und auch hinter den großen

Werken des Theaters, der Malerei und Literatur steht, jedenfalls bis an die Schwelle unserer Zeit und auch immer noch in ihr: Man will sich ein Bild von der Welt machen, in dem ihre verwirrende Mannigfaltigkeit, zurückgeführt auf elementare Formen und Muster, wieder als Ganzes anschaubar und begreifbar wird. Der Stil der Darstellung ist die Formel des gefundenen Sinns.

Nach einem Rundgang durch das Museum sitze ich meistens noch eine Weile in der Cafeteria, probiere eine der zwölf vorzüglichen Teesorten und blicke auf das Erweiterungsbecken des Aachener Weihers. Es wird zweiseitig vom Museum umfaßt und ist am Ufer gegenüber mit Zwergbambus bepflanzt. Mit Binsen bewachsene, künstliche Inseln bieten den Wasservögeln geschützte Brutplätze. Mitten in der Wasserfläche steht auf einer großen, über mehrere Schrittsteine zugänglichen Plattform eine Skulptur des Gartenkünstlers und Bildhauers Masayuki Nagare. Es ist ein in sich gebrochener, seitlich versetzter Säulenstumpf, der wie schwerelos einen nochmals aus dem Zentrum gerückten, vielförmigen Stein aus demselben Material trägt. Das Werk heißt »Fahne im Wind«, ein gewagtes Thema für ein so kompaktes Material. Aber gegen dieses steinerne Wehen wäre ein Mobile bloß eine Banalität. Dies ist kein Spielzeug, sondern eine geistige Gebärde, die den ganzen Luftraum um sich herum zum Leben erweckt. Mit einigem Abstand dahinter trennt eine einfache, flache Holzbrücke die kleine Wasserfläche des Erweiterungsbeckens von der Fläche des Aachener Weihers. Oft stehen Menschen auf der Brücke und füttern die Schwäne und Enten und das kreischende, flatternde Schneegestöber der vielen Möwen. Im Gegenlicht sehen sie wie dunkle Silhouetten aus.

»Das Museum hat seine ganze Umgebung unaufdringlich japanisiert«, sagte neulich ein Bekannter. Er hat recht, man kann es so sehen. Aber länger angeschaut, ist das Fremde nur eine andere Schrift, in der wir das Eigene ständig wiedererkennen.

Fahrt in den Auwald

1990

Das erste Bild des Farbfilms, das ich im vergangenen November bei einem Fahrradausflug in den Weißer Rheinbogen geknipst habe, zeigt ein dramatisches Gemisch von blauem Himmel und dampfigen, an den Rändern flockig aufgelösten Wolken. Ich glaube nicht, daß ich das fotografieren wollte. Wahrscheinlich habe ich angenommen, der Film müsse noch eine Drehung weiter transportiert werden, habe den Apparat hochgehalten ins Freie, Motivlose und auf den Auslöser gedrückt. Nun beginnt meine Bilderserie mit einem Himmelsfoto.

Nachträglich scheint mir das ein passendes Anfangsmotiv zu sein. Ich wollte ins Freie, ins Offene, aus der Stadt hinaus. Allerdings nicht gerade in den Himmel. Meistens wähle ich diesen Weg, linksrheinisch, in Richtung Süden, unterhalb der Rheinuferstraße am Rhein entlang, wo in den gemauerten Buchten Enten, Möwen, manchmal auch Schwäne auf die Brotkrumen der Spaziergänger warten und man das leise Klatschen der Wellen gegen die steinerne Uferbefestigung hört, den Faltenwurf der Heckwellen, den die Schiffe hinter sich herziehen.

Ich fahre schnell. Das lange Sitzen am Schreibtisch hat den Bewegungsdrang aufgestaut. Bis kurz vor der Rodenkirchener Autobahnbrücke ist das eine Tempofahrt. Am Anfang muß man aufpassen und die schluchtartigen Buchten umfahren, die hier unvermittelt den Fahrradweg unterbrechen. Einmal habe ich dort unten einen schwerverletzten Radfahrer liegen sehen, einen Mann, der am hellen Tag die Einbuchtung übersehen hatte und hinabgestürzt war, wahrscheinlich mitten aus einem Tagtraum heraus. Ratlose Menschen umstanden ihn. Der Krankenwagen war schon bestellt, wie man mir versicherte, aber das Martinshorn war noch nicht zu hören. Hans-Guck-in-die-Luft öffnete die Augen, blickte zum Himmel und schloß sie wieder. Hatte wohl keinen Trost gefunden in der Welt, in der man so hart fürs Träumen bestraft wurde.

Ich fahre. Ich betrachte meine Fotografien. Erster Halt hinter der Rodenkirchener Brücke. Ein Foto unter der Fahrbahn und zwischen den Pfeilern hindurch. In der Ferne, hinter der Wasserfläche der großen Rheinkurve, die Bögen der Südbrücke, der Pylon der Severinsbrücke, der Turm von Groß St. Martin und der Dom in Seitenansicht – Signatur der Größe, obwohl ziemlich klein. Ein zweites Foto, quer über den Strom, zeigt am anderen Ufer spindelförmige Pappeln und kugelige Weiden, noch voll belaubt, und an diesem Ufer, über einen schmalen Steg erreichbar, das auf Pontons schwimmende Bootshaus »Alte Liebe«. Seine rotweißen Querstreifen und das flache Türmchen über dem Dach sehen nach den Seebädern der vergangenen Jahrhundertwende aus, ein kleines Stück Nordseekulisse am Rhein, täuschend echt, wäre da nicht das gegenüberliegende Ufer.

Eine Yachtschule ist hier untergebracht, auch ein wenig hochgegriffen diese Bezeichnung, wenn man die kleinen, mit Planen zugedeckten Motorboote betrachtet, die zwischen Bootshaus und Ufer an zwei Holzstegen festgemacht sind. Manchmal veranstalten zwei oder drei dieser Flitzer ein Wettrennen stromauf oder stromab. Der Schub der Heckmotoren drückt den Bug der Boote hoch aus dem Wasser, und man kann auf weite Entfernung die schweren, prallenden Schläge hören, mit denen die Bootsleiber auf die Wellen klatschen. Die Bootsführer stehen wie römische Wagenlenker an ihren Steuerrädern. Das scheint der nötige Zusatzthrill für ein sonst eher stupides Vergnügen zu sein. Schließlich kommt einer zur Vernunft, nimmt das Gas weg und dreht ab zum Liegeplatz. Es sieht beinahe reuig aus, wie das Boot herantuckert. Ich werde von nun an kein Wässerchen mehr trüben, scheint es zu versprechen. Man weiß, was man davon zu halten hat.

Ich habe mich ein wenig oberhalb des schmalen Uferwegs auf eine der vier Bänke gesetzt. Neben mir, in einer vergitterten Wandnische, steht buntbemalt der heilige Maternus und segnet mich mit abgeschlagenen Fingern. Auf der Restaurantterrasse, an der Spitze des Bootshauses, sitzen, vermutlich sanft geschaukelt, noch ein paar Leute. Seit Jahren will ich dort einmal Kaffee trinken und seit Jahren fahre ich vorbei, als brauchte ich etwas Unverwirklichtes, eine utopische Reserve an meinem Weg.

Ich fahre weiter, habe die Fotos umgeblättert. Mit einem Ruck bin ich am Rodenkirchener Strand, dort, wo die Betonrampen der Ruderclubs ihn zerschneiden. Aber es sind keine Boote im Wasser. Die Autobahnbrücke mit ihren Pylonen und Tragseilen ist von hier aus eine ferne, filigrane Struktur. Unter graublauen Wolken leuchten die weißgestrichenen Mauern der kleinen Kapelle Alt St. Maternus, die auf ihrer Terrasse aus Bruchsteinen wie auf einer Bastion über dem Strom steht. Im Park am Rhein das sogenannte Künstlerviertel, eine Ansammlung stilreiner Bauhausvillen vom Ende der zwanziger Jahre. Keine Ahnung, ob da wirklich ein Künstler wohnt. Ich würde auch eins der weniger stilreinen Häuser an der Uferstraße nehmen, meinen Tisch ans Fenster rücken und auf den Fluß blicken, der jetzt weit weggerückt ist. Der Rhein führt Niedrigwasser, wie meistens in dieser Jahreszeit. Vor dem sanft abfallenden Rasenhang zwischen Uferstraße und Fluß sind breite Sand- und Kiesflächen aufgetaucht, Spielfeld für Hunde und Menschen, die mit großen Armschwüngen Stöcke in Richtung Wasser werfen, als bedrohten sie den Fluß und wollten ihn noch weiter in sein Bett zurücktreiben.

Das alte Rodenkirichon, schon in römischer und fränkischer Zeit besiedelt, war ursprünglich ein kleines Fischerdorf. Jetzt ist es ein schöner Wohnort. Die Strandpromenade erinnert mich an ein Seebad alten Stils, das noch nicht von den Apartmenthochhäusern der Touristikindustrie verunstaltet worden ist. Hier wimmelt es an schönen sommerlichen Wochenenden zwar auch von Spaziergängern, Eisverkäufer stehen mit ihren Karren an der Straße, und die Straßenränder sind zugeparkt, aber die Giebelfronten der Häuser blicken ganz privat über die hochgezogenen Gartenmauern. Von den Terrassen, unter den Sonnenschirmen und Jalousien, kann man sicher bequem über den Trubel hinweg auf den Strom sehen, wo im Sommer die Schiffe der Weißen Flotte, die kleineren Ausflugsboote und die privaten Yachten fahren, und dann mag es einen Augenblick einleuchtend und erlaubt sein, von der Kölner Riviera zu sprechen, wie das manche gerne tun.

Ich bin inzwischen weitergefahren, und auf meinen Farbfotos ist wieder November. Die Bäume sind noch belaubt, denn es ist ein milder Herbst. Aber unter den Bäumen liegen blaßgelbe und bräunliche Blätter im Gras. Man fährt durch wechselnde Bereiche auf dieser Fahrt Richtung Süden am Strom entlang. Jetzt kommen die Campingplätze, die Ausflugsrestaurants, der Minigolfplatz. Gibt es etwas Verloreneres als unbewohnte Campingwagen, etwas Melancholischeres als eine Partie Minigolf auf einem leeren Platz! Offenbar fühlen sich manche Stadtbewohner hier schon weit genug außerhalb. Sie verbringen hier ihre Wochenenden oder auch ihre Ferien. Mit dem Fernrohr dürfte der Dom noch sichtbar sein.

Viel mehr als dieses Freizeitgelände links zum Rhein hin fasziniert mich die rechte Seite der Straße, auf der ich jetzt fahre. Hier stehen einige völlig von Sträuchern und Bäumen zugewucherte alte Villen, in deren Zimmern selbst bei hellem Sonnenschein das grüne Licht des tiefsten Waldinneren herrschen muß. Ein lästiger Systemzwang läßt mich an grüngekleidete alte Damen in grünen Sesseln vor grünen Samtportieren und grünlichen Tapeten denken. Niemals werde ich wissen, wie real meine Alpträume sind, denn nie, wenn ich vorbeifahre, steht eine liebenswürdige alte Dame am Tor und lädt mich zu einem grünen Tee ein. Statt dessen rücken jetzt Felder und Wiesen an die Straße heran. Das offene Land beginnt, Durchblicke ins Freie wie ein tieferer Atemzug.

Und da steht auch schon das »Haus der Hochzeiten«, ein ländliches Gartenrestaurant, das Gesellschaftsräume für große und kleine Festlichkeiten anbietet. Ein weißgestrichener Holzzaun aus breiten, geschweiften Latten umgibt das Grundstück,

Landschaft im Weißer Rheinbogen

und auf den Eck- und Torpfeilern zur Straße hin stehen weiße Laternen. Im Garten Heckennischen, auf denen das herabgefallene Laub der Bäume liegt. Auch die Gartenmöbel stehen schon im gefallenen Laub. Das Haus ist weißgrau getüncht, mit blaugrün abgesetzten Ecksteinen und Gesimsen. Eine große und eine etwas kleinere Tanne stehen beim Eingang, fremd als Bäume in dieser Gegend, sehen sie wie angestellte Wächter aus. Eine Schnur mit blaugrünen Glühbirnen ist über den Garten gespannt, für sommerliche Festlichkeiten. Ja, man sollte in ländlicher Umgebung heiraten, an langen Gartentischen, unter Bäumen.

Haus und Garten haben etwas an sich, das mich eigenartig berührt. Ich kann es nicht erklären, da alle sichtbaren Einzelheiten banal erscheinen. Aber für mich ist die Szenerie eingehüllt in eine Traumstimmung, ein Vergangenheitsaroma. Als wäre ich seitdem nie mehr in einem Gartenrestaurant gewesen, fallen mir Ausflüge mit meinen Eltern ein. Die Heckennischen sind so hoch wie hohe Mauern. Wenn ich den Kopf in den Nacken lege, ist weit über mir das sonnendurchstrahlte Laub. Die Kellnerin, eine junge Frau, kommt über den knirschenden Kies und stellt Kuchen, Kaffee und für mich eine Tasse Schokolade auf den Tisch. Obenauf schwimmt ein kleiner Schneeberg aus Sahne. Ich stupse ihn mit dem Löffel an. Leicht wie Luft gleitet er zum Tassenrand. Und wieder ist dieser Garten da, die leeren weißen Stühle, das langsam herabfallende Laub. Nein, ich kann nicht sagen, daß ich sie gesehen hätte: meine Eltern, beide noch jung, auch ich selbst bin ein unsichtbarer Fleck geblieben. Nur der Sahneberg war einen Augenblick sichtbar und der silberne Löffel.

Haus der Hochzeiten – eine rote Schrift auf weißem Grund. Das versichert, es geht weiter, alles wiederholt sich, am laufenden Band. Bei der Mehrzahlform »Hochzeiten« fällt mir eine

Geschichte ein. Sie hat das Vergangenheitsaroma, klingt nach einem Drama der Jahrhundertwende. Zwei Hochzeiten finden gleichzeitig statt, dicht beieinander, doch in getrennten Räumen. Und irgendwann, während der Trubel fortschreitet, begegnen sich zufällig Bräutigam und Braut der verschiedenen Paare draußen im Garten oder auf dem Flur. Und sofort erkennen sie beide: Wir zwei wären das richtige Paar. Was tun sie? Laufen sie gemeinsam weg? Nein, das ist nicht eine Geschichte aus der italienischen Renaissance, sondern ein stilles, in sich gekehrtes Drama in der Art von Tschechow. Beide werden sich sofort abwenden und zu vergessen versuchen. Und es wird ihnen mehr oder minder gut gelingen. Später dann ... hat schon jemand erraten, daß irgendwann ein alter Mann oder eine alte Frau an diesen Ort zurückkehren wird? Es wird Herbst sein, wie auf meinem Foto. Die Gartenmöbel sind noch nicht weggeräumt. Die einsame alte Frau oder der alte Mann bleibt eine Weile am Zaun stehen und geht wieder fort. Die Bäume sind älter geworden, ihrer Kronen schütterer. Hochzeitsfeiern stellen immer noch die Spezialität des Hauses dar.

Ich glaube, jetzt habe ich die Stimmung beschrieben, die das Haus im Herbst hat. Im Sommer, wenn die Tische voller Eisbecher und Kuchenteller stehen, werde ich mir eine andere Geschichte ausdenken. Aber vielleicht kehre ich doch erst bei der »Alten Liebe« ein.

Nein, ich weiß, ich werde nicht halt machen, weder hier noch dort, denn immer, wenn ich in Richtung Süden fahre, will ich schnell in den Auwald des Weißer Rheinbogens, raus aus der Stadt. Wo die Straße endet, ist eine kleine rot-weiße Barriere, hinter der nur noch ein schmaler Feldweg weiterführt. In dem abgezäunten Waldstück links des Weges verbirgt sich eine Brunnengalerie des Wasserwerks Süd. Rechts liegt ein umgepflügter Acker, auf zwei Seiten schon eingefaßt vom Wald. Hier ist man endgültig aus der Stadt heraus. Der Lehmweg, die struppigen Grasnarben zu beiden Seiten und die überhängenden Zweige, auch die Ackererde sagen alle das gleiche: Du bist jetzt draußen in der Natur. Doch das eigentliche Schwellenerlebnis kommt erst mit dem Waldrand, auf den der Weg schnurstracks zuführt. Plötzlich, ohne einen Übergang, ist man in einem Pappelwald und wird einige Kilometer weit kein Haus sehen. Da der Waldrand sehr dicht ist, eine Mischwaldmauer mit unterschiedlich alten Bäumen und Sträuchern, ahnt man nicht, was einen erwartet. Man fährt hindurch und ist in einer anderen Welt. Die Stadt ist mit einem Mal völlig ausgelöscht. Man kann sie vergessen. Nichts erinnert an sie. Dieser Augenblick ist jedesmal eine Erfrischung. Das habe ich gebraucht: Bäume und Sträucher, lockere Walderde, moderndes Laub.

Dies ist ein Wald aus schnell wachsenden Hybridpappeln, die Anfang der fünfziger Jahre gepflanzt wurden und jetzt ihre volle Höhe erreicht haben. Sie haben steile, spindelförmige Kronen und sind ungefähr gleich hoch, so daß ein hallenartiger Eindruck entsteht. Der Boden ist bedeckt mit dunkelgrünen Brennesseln. Dazwischen stehen Buschinseln aus Holunder und Hartriegel, Weiden und Haselnuß. Vor einigen Jahren hat der Rhein bei einer Überflutung große Mengen von Himbeersamen herangeschwemmt, so daß dichte Himbeergestrüppe entstanden sind, die die Brennesseln ein wenig verdrängt haben. Die vielen Brennesseln weisen auf stark nitrathaltige Böden hin und beeinträchtigen die Artenvielfalt durch ihre explosive Ausbreitung, aber sie bilden ein gutes Biotop für die Raupen der Schmetterlinge, die es hier noch zu sehen gibt. Selten gewordene Arten wie Bläuling, Admiral, Pfauenauge und kleiner Fuchs sollen sich in den letzten Jahren wieder vermehrt haben. Außer Fuchs, Hase und Kaninchen gibt es kein Wild. Aber viele Vogelarten wie Kuckuck, Kleinspecht, Habicht, Bussard und den Pirol. Nur die Nachtigallen haben sich verzogen.

Der ganze Weißer Bogen ist Landschaftsschutzgebiet und darf nicht durch Straßen, Zäune und Gebäude verbaut werden. Hundert Hektar werden landwirtschaftlich genutzt, zweihundertfünfzig Hektar sind Wald. Der Wechsel zwischen Gehölz, Wiesen und Feldern macht den Reiz dieser Landschaft aus. Nur dicht am Rhein glaubt man, durch eine Grünanlage zu fahren. Die Pappeln stehen weniger dicht und zwischen ihnen wächst Gras. Hier floß früher ein toter Rheinarm durch das Überflutungsgebiet einer Weichholzaue. Man hat ihn zugeschüttet, wie das an unseren Flüssen fast überall geschehen ist. Es wird Zeit, daß man dieses künstliche Areal aufbaggert und dem Wasser öffnet und alle Baumarten wieder anpflanzt, die hierher gehö-

Alter Leinpfad am Rhein im Weißer Rheinbogen

ren: Erlen, Weiden und die mächtige Schwarzpappel mit ihrer breiten Krone, und außerhalb des Überschwemmungsgebietes Eichen, wilde Kirschen, Linden und Ulmen. Und vielleicht auch die Balsampappel, die Herr Brockmeier, der Förster, gegenwärtig in einer Versuchsfläche erprobt. Die Bäume verbreiten einen honigartigen Geruch, wenn sie in Blüte stehen.

Der letzte der vier Orkane dieses Winters hat eine kilometerlange Schneise in die Monokultur des Pappelwaldes geschlagen und dreieinhalbtausend Festmeter Holz gefällt: Grund und Gelegenheit, anzufangen mit einer ökologisch richtigen Aufforstung. Förster Brockmeier, ein optimistischer Mensch, ist überzeugt, daß es dazu kommen wird. Dem Orkan scheint er nicht böse zu sein.

Diesen neuen Wald, wenn es ihn geben wird, werde ich nur noch in seiner Jugend sehen. Bäume sind ein Zeitmaß. Die meisten überleben uns. Ich kann mir den neuen Auwald vorstellen. Seine grüne, wuchernde Vielfalt, seine stillen Gewässer, seine Tierwelt wären eine Sehenswürdigkeit ersten Ranges. Haben die Politiker und die Verwaltungen schon begriffen, daß dies die Kulturleistungen der Zukunft sind, an denen man die Städte messen wird?

Gegenwärtig ist es verboten, den Auwald des Weißer Rheinbogens zu betreten. Zuviele Bäume, die der Sturm halb entwurzelt hat, drohen umzustürzen. Und der Lärm der Motorsägen und der Räumfahrzeuge, die die Verwüstung aufräumen, ist nicht gerade das, was ich dort suche. So sitze ich vor meinen Fotos vom vergangenen November. Laub bedeckt die Wege, die Äcker sind abgeerntet und umgepflügt. Die Baumkronen sind fast kahl, aber das Unterholz ist noch dicht belaubt, wechselnd zwischen hellem Gelb und ermattetem Grün. Ich bin bis zur Rheinfähre nach Zündorf gefahren, habe wieder einmal nicht auf sie gewartet, sondern bin linksrheinisch am Rheinufer, auf dem letzten Stück des alten Treidelpfades, zurückgeradelt. Wieder ist ein Himmelsfoto unter meinen Bildern, von unten aufgenommen durch die fast entlaubten Baumkronen der Pappeln in ein blasses, dunstiges Weißblau. Bald wird der Frühling die Farben neu mischen, lebendiger, heiterer, und der große Wettbewerb des Sprießens, Wachsens und Blühens wird wieder beginnen. Es wundert mich, daß man sich darauf verlassen kann.

Erstveröffentlichungen:

Im Beethovenpark. In: MERIAN – Köln, H. 12, 1979, S. 82-84
Der Dom als Vatergestalt. In: Der Kölner Dom im Jahrhundert seiner Vollendung. Ausstellungskatalog B. 2, Köln 1980, S. 391f.
Die Stadt als Baustelle. Veröffentlicht unter dem Titel: Ansichten eines Steinbruchs. In: MERIAN – Köln, H. 7, 1988, S. 32-37 u. 110
Ein Besuch in »Hollymünd«. In: Frankfurter Rundschau – 5. 5. 1990, ZB 2

Der Autor

Dieter Wellershoff, geboren 1925 in Neuß, lebt in Köln. Er veröffentlichte u. a. folgende Bücher:

Gottfried Benn. Phänotyp dieser Stunde (1958, 1986)
Der Gleichgültige. Versuche über Hemingway, Camus, Benn und Beckett (1963, 1975)
Ein schöner Tag. Roman (1966)
Die Schattengrenze. Roman (1969)
Literatur und Veränderung. Essays (1969)
Das Schreien der Katze im Sack. Hörspiele (1970)
Einladung an alle. Roman (1972)
Literatur und Lustprinzip. Essays (1973)
Doppelt belichtetes Seestück und andere Texte (1974)
Die Auflösung des Kunstbegriffs. Essays (1976)
Die Schönheit des Schimpansen. Roman (1977)
Glücksucher. Vier Drehbücher und begleitende Texte (1979)
Die Wahrheit der Literatur. Sieben Gespräche (1980)
Das Verschwinden im Bild. Essays (1980)
Die Sirene. Novelle (1980)
Der Sieger nimmt alles. Roman (1983)
Die Arbeit des Lebens. Autobiographische Texte (1985)
Die Körper und die Träume. Erzählungen (1986)
Flüchtige Bekanntschaften. Drei Drehbücher und begleitende Texte (1987)
Der Roman und die Erfahrbarkeit der Welt (1988)

Dieter Wellershoff
Der Roman und die Erfahrbarkeit der Welt

»Hier liest, wie ein Architekt die Baupläne der Architekturgeschichte, ein Kollege der großen Erzähler die Grundrisse ihrer Kunst- und Musterstücke. Seine Lust am Text verrät immer dreierlei, nicht nur Lust am Lesen und Lust am Machen, Kennerschaft also und Könnerschaft, sondern vor allem Neugierde für den nie ganz aufklärbaren Zusammenhang zwischen beidem.« *Reinhard Baumgart, Die Zeit*

»Wellershoff hat ein sehr schönes und sehr wichtiges Buch vorgelegt, Produkt einer lebenslangen sensiblen und kundigen Leseerfahrung und einer neuerlichen Lektüre fast aller bedeutenden Werke der letzten 150 Jahre.«
Volker Neuhaus, Kölner Stadt-Anzeiger

»Es ist ein literarisches Programm, das Wellershoff insgeheim für sich selbst, genau und schön, vorstellt, denn die unendlichen Mühen, die in Romanen stecken, sind für ihn nichts anderes als Lebensentwürfe, die, stets scheiternd, trotzdem Verheißung in sich bergen.« *Günter Herburger, Stuttgarter Zeitung*

»Wellershoff geht stets mitten ins Zentrum, nämlich dorthin, wo die Problematik seiner ausgewählten Autoren und Werke von jeher verhandelt wurde; er hat den Mut, geradewegs jene Hauptstraßen entlang zu wandern, die schon oft begangen wurden. Nur wandert er auf seine eigene, souveräne Weise.«
Rolf Grimminger, Merkur

»Wellershoffs Werk über den Roman und die Erfahrbarkeit der Welt, eine Geschichte des modernen Romans und eine Ästhetik und Poetik der Gattung dazu, ist ein exzellentes Buch, das ebenso feinsinnige Einzelinterpretationen wie großräumige Analysen von Gesamtstrukturen bietet.«
Werner Jung, Deutsche Volkszeitung / die tat

Kiepenheuer & Witsch

Dieter Wellershoff
Die Körper und die Träume
Erzählungen

»Sprachlich enorm differenziert, erweist sich Wellershoff als subtiler Seelenkenner und saugt den Leser in seine eigenartig fremden und doch so authentischen Geschichten förmlich hinein.«

Werner Schulze-Reimpell, Stuttgarter Zeitung

»Dieter Wellershoff führt in seinem bemerkenswerten Erzählungsband die Angst vor dem Leiden als Krankheit unserer Zeit exemplarisch vor.«

Werner Fuld, Frankfurter Allgemeine Zeitung

»Diese Erzählungen beglaubigen einmal mehr die theoretischen Ambitionen Wellershoffs: Vom Sog dieser Prosa einmal erfaßt, sieht man sich bald den eigenen Verstörungen gegenübergestellt.»

Holger Schlodder, Süddeutsche Zeitung

»Wellershoffs neue Geschichten sind spannendes Lesefutter, animierend im besten Sinne.«

Hans Stempel, Frankfurter Rundschau

Kiepenheuer & Witsch

Dieter Wellershoff
Die Arbeit des Lebens

»Dieter Wellershoffs autobiographischer Prosaband *Die Arbeit des Lebens* führt hin auf Voraussetzungen und Bedingungen seines Realismus, seiner bewußt realistischen Schreibweise: In ihr wird, ebenso neugierig wie offen für anderes, Wirklichkeit entdeckt, werden Menschen in ihrer Einzigartigkeit aufgesucht.«

Stephan Reinhardt, Süddeutsche Zeitung

Kiepenheuer & Witsch

Dieter Wellershoff
Der Sieger nimmt alles
Roman

In der Geschichte des Unternehmers Ulrich Vogtmann und seiner Familie entfaltet sich die Entwicklung der letzten zwanzig Jahre bis hin zur Krisensituation der 70er Jahre, in der sich der Tanz ums Goldene Kalb als Totentanz offenbart.

»Wellershoff hat den Roman über unsere letzten 20 Jahre geschrieben. Er ist von zentraler Bedeutung für unsere Gesellschaft und wird lange nachwirken.«

Peter Jokostra, Rheinische Post

»Es gibt in diesem Roman szenische und literarische Kabinettstücke, und es gibt überraschende sprachliche Details. Doch dabei geht es nicht um Brillanz, sondern um Genauigkeit, um gedankliche Vertiefungen und Durchbrüche.«

Ute Bohmeier, Kölner Stadt-Anzeiger

Kiepenheuer & Witsch

Dieter Wellershoff
Die Sirene
Novelle

Ein Mann wird in seinem Arbeitszimmer von einer fremden Frau angerufen, und damit beginnt die Geschichte einer Verführung, die sich zu einem hypnotischen Bann steigert.

»Lange ist mir gleich Faszinierendes nicht mehr in die Hände geraten. Ich habe in diesem Buch etwas gefunden, was ich in der westdeutschen Literatur dieser Jahre nur selten entdeckte: eine große erregende Idee des Lebens. Diesen Fund wollte ich nicht verheimlichen. Ich denke, dies ist ein Buch nicht nur für mich.«
Christian Linder, Süddeutsche Zeitung

»Ein erstaunliches Werk, das nicht nur vom äußeren Aufbau bis in die feinsten Verästelungen durchgeformt und gestaltet ist, sondern in dem sich Symbol und Ereignis, Zeichen und blutvolles Leben unmerklich, aber stabil die Waage halten. Stets ist das eine vom anderen erfüllt. In der literarischen Formbewußtheit und Geschmeidigkeit wird diese Novelle vielleicht einmal zu den klassischen Erzählungen unserer Zeit gehören.«
Christel Heybrock, Mannheimer Morgen

Kiepenheuer & Witsch